祝雪侠评论集

祝雪侠 著

作家出版社

图书在版编目（CIP）数据

祝雪侠评论集 / 祝雪侠著. -- 北京：作家出版社，
2019.1
ISBN 978-7-5212-0370-7

Ⅰ. ①祝… Ⅱ. ①祝… Ⅲ. ①中国文学 - 当代文学 -
文学评论 Ⅳ. ①I206.7

中国版本图书馆CIP数据核字（2019）第028644号

祝雪侠评论集

作　　者：祝雪侠
责任编辑：兴　安
书名题字：雷　涛
装帧设计：王一竹
出版发行：作家出版社有限公司
社　　址：北京农展馆南里10号　　邮　　编：100125
电话传真：86-10-65067186（发行中心及邮购部）
　　　　　86-10-65004079（总编室）
E-mail:zuojia@zuojia.net.cn
http://www.zuojiachubanshe.com
印　　刷：天津中印联印务有限公司
成品尺寸：152×230
字　　数：150千
印　　张：14.75
版　　次：2019年4月第1版
印　　次：2019年4月第1次印刷
ISBN 978-7-5212-0370-7
定　　价：46.00元

以特有的真诚和热情，去解析一个个文学家的灵魂与人格，是需要能力的。祝雪侠在这个能力上，体现了自己足够的才华。

——何建明　中国作家协会副主席　作家

文学是人类灵魂的声音！贺祝雪侠评论集出版，上善若水，厚德载物！

——屠岸　文学评论家　翻译家

不忘初心，方得始终！雪侠评论集，文艺评论非常需要。继续努力，希望看到你更多的好作品！

——谢冕　北京大学教授

以文会友，以诗怡情。雪侠评论文如其人，情真意切！

——郑伯农　中华诗词学会常务副会长

祝雪侠的评论文章，能从大处着眼，细微处入手，达到了感性与理性的交融，形象感受与抽象思辨的统一。

——吴思敬　《诗探索》主编　诗歌理论家

雪侠以自己独具个性的评论，为中国诗歌鼓与呼，情感真挚，思绪飞扬！我为她点赞！

——曾凡华　中国诗歌学会副会长

鲁迅文学院第19届高研班全体合影

美好瞬间

全家福

妈妈，请你跳支舞吧！

那时青春正好

母子情深

目 录

001

序：关于祝雪侠的文艺评论

石 英

青年作家、诗人祝雪侠女士在散文、诗歌等方面的创作已为许多专家和读者所关注。其作品清晰、灵动的风格在不久前举行的研讨会上，已为与会者充分肯定。她正当年富力强，写作势头强劲之际，不言而喻，其文学潜力在今后可期的时日必将得到更大的发挥。然而，她的才力尚不止于此；近来我惊喜地发现，这位女作家在文学评论方面也颇具见地。

说到文学评论，有人认为是"出力不讨好"的行当，意思是不像文学创作那样拥有较多的欣赏者。其实不然，应该说，当下文学评论的景况是相当不尽如人意的，尤其是像样的，有较高水准的文章并不多见；令人瞩目的文学评论家更属凤毛麟角。其原因很简单，真正的文学评论是相当地不易"玩"的。它需要的必备资质和造诣实在是非止一二。从深层上说，文学评论"出力不讨好"恰恰隐射出有水平的文学评论不易获得这一实质性原因。而雪侠女士不避繁难，有志于为之，诚为一种可贵的追求，也是一种难能的责任。

涉足于文学评论，无疑需要较高的文学认知和修养，通俗地讲，即我们平常说的文学水平。我们虽然不能简单地说，评论他人的作品就必须高于其思想与艺术的认知和实践，但至少是能够较好地理解其思想内涵和创作实践的意义。而在这方面，我不能不说雪侠女士无不胜任地对其进行了鞭辟入里的阐发，其思想的明澈，线络的清晰，不仅对评论对象，即使对读者也能有所引领与警策。其中如对臧修臣的新作《孝典之歌》和《诚信之歌》的诠释与阐扬，都是非常到位的。她不仅从历史意义的角度理解孝道与诚信，更注重挖掘其现实价值。中国梦正能量的体现也与孝道与诚信密切相关。"这也是中国文化的精髓之处，是人性的光辉与美好"。对此，她"孝心诚信行天下"的高度，可谓一言中的！

再者，雪侠女士评论的眼光是开阔的，关注的作品种类相当宽广，她评论的作品有诗歌、散文、小说，还有说理性较强的杂文随笔，更有美术和绘画作品，等等。我深感她对每一位作者及其作品都是带着感情进行评价的。我所说的"带着感情"，不是一味恭维和溢美，而是说她不总是板着表情，冷冰冰地指东道西。真正有效的价值评论，也能使读者读出真诚与热情来。既能帮助作者正确地认识自己，亦可在或大或小的读者群中产生较为普遍的认识意义。不仅如此，还应保持评论家的独立见解，在一定的原则基础上能够对作家或作品有真知灼见和发现。比如，她对张庆和作品的评论就充分地体现了这一点。庆和先生是一位诚实而力求进取的作家和诗人。雪侠女士认真阅读并提炼出他作品中的真髓，给予实事求是却又毫不含糊的肯定："在他的诗歌里，我们能感受到美无处不在。他的诗歌和他的人一样干净纯美，比矿泉水还要纯净！"此比喻挚切而又新鲜。诗人云："我在祈祝中念你的名字/每一声都是划响的火种/点燃谁其实并无紧要/冥冥中只要你在呼唤"。因此她在文章中推重这位素来不事张扬，但秉其良知为读者奉献许多可圈可点的美文和好诗的作家。更为难得的是她持之以恒，不断上台阶。公正的评价充分地体现了评论家的敏锐眼光和一腔正气：不以势力为取舍，唯作品优势是举。

对照某些评论者，以某种非文学因素而呼啸从众趋之若鹜；对思行朴厚木讷如石头者则冷若冰霜，令人感到不舒服。雪侠女士总是出于良知与责任感施以公正之心，此乃作为评论者之真品格。

　　还有，就是雪侠女士评论文章的语言风格。我觉得她的评论用语表达上也有变化，大都能够做到运用自如，而且不乏美感。"作者将自己曾经的苦难和美好，用诗歌的形式展现给读者，更将过去那些难忘和不能抹去的色彩进行梳理，使之生动活泼，有生命力，有风情万种和洒满人间的情怀。虽然作者经历人生的种种磨难，但她以自己的执着和韧劲迎风雨，阻挡住一切艰难险阻，赢得了心灵花开的春天。"（引自《玫瑰花开的声音》）有理，有识，有文采，有情致。可见，她的评论文字在恰当的规范之下实现了智性的改变。文学评论曾经奉行过这样的"潜规则""老定律"：所谓文学作品是借助形象思维，而评论文字则是借助抽象思维，这样一种截然的分解。而她却不如此机械，体现出理与情的辩证关系。故而其评论文字不仅有深度、高度，而且很有温度。也许她在经意与不经意间，自然能"带"出了评论的创新性。

　　我一直在想、在渴望文学园地中，现出更多的评论家和评论文章。因为这是文学艺术事业走向真正繁荣之路，获得健康的正能量不可或缺的动力。无论是"出力不讨好"，还是"评论文章不宜玩"，都将被智者和勇敢者所突破；文学作者和爱好者的热情呼唤将不致落空，够格的文学评论家（包括作家兼职者）尤其是女评论家不那么孤单，应运者姗姗而来。此乃文学艺术发展之大幸也。

2018年5月18日

　　石　英：著名诗人、原人民日报文艺部副主任、中国散文学会名誉会长、编审。

铁凝印象

"热爱生命,喜悦人生"。这是见到铁凝女士第三面时,她给我的诗集题的字。这位美貌与智慧并存,优雅而美丽的女神,她的人格魅力和身上所散发的气质,能够瞬间吸引和影响到别人。没有架子,一脸的真诚与热情。这就是中国作家协会主席、中国文联主席铁凝女士。

第一次见到她是2006年的金秋,中国作协第七次代表大会召开,当年铁凝女士被选为中国作协主席。会议在北京饭店举行,我有幸随朋友一起去了会场,并有幸见到温文尔雅的才女,铁凝女士。

第二次相见是2013年我就读于鲁迅文学院,铁凝女士和作协的几位领导来参加新学员开学典礼。铁凝女士为大家讲了作家的责任与使命,讲了文学的未来与发展。现场氛围热烈,她的气质高贵,身上散发着自信与豪情。会后大家像见到明星一样围着她合影。她很随和,与大家合影时非常亲切。短发让她更显得干练与从容。她身上焕发出来的气质让人敬畏。坦然自若的表情,优雅美丽的神态,有一种神圣和魅力。

时光如梭,转眼我们毕业了。鲁院的时光是美好的,刚来没有什么感觉,但临近毕业,大家的内心都有着一份难舍的情怀。

铁凝女士和其他几位中国作协领导来参加我们的毕业典礼。我们像一群可爱的孩子，在鲁迅文学院吸收着阳光和雨露，聆听大师们的讲解，接受文学洗礼。我为自己能来鲁迅文学院学习而万分珍惜，也很感恩老师和同学们。

缘分的相聚，第三次见到铁凝女士是在中澳论坛上。她和莫言与库切先生同台，还有中国作协的几位领导为大家进行文学的熏陶。当时我拉着鲁院同学凌寒一起去找铁凝女士，请她给我们的新书题字。她痛快答应，顺手拿来笔，给我写下了"热爱生命，喜悦人生"。我对这几个字的理解是，她希望我热爱生活，热爱生活的人也会更加热爱生命；喜悦人生，可以理解为，对一切美好事物的向往，还有内心的喜悦，会带来生活的美好、美丽与温馨。感谢铁凝女士送我的这几个字，我很是喜欢，也带着这种美好的情结，走向自己人生新的旅程。

铁凝女士比她的同龄人最少年轻十岁。她的眼神看着就是一首诗。她在写好给我的字后，还问我在什么单位，写了什么文学作品。她鼓励我多写好作品，做一名优秀的女作家。她的话虽短短几句，却语重心长，让我的内心瞬间洒满温暖与阳光。铁凝女士这些年作为中国作协主席，口碑很好，也赢得了大家对她的尊重与喜欢。她身上的优雅气质，就像清澈的泉水，给人内心送来丝丝的甘甜与夏日的清凉。她的眼睛是会说话的，看着她的眼神你已懂得她的真挚与友好。她的关心，如冬日的暖阳，让我感动久久，心灵洒满了阳光。我和同学怀着喜悦的心情，看着铁凝女士的题字感慨万千。

铁凝女士主要以创作小说为主，有《哦，香雪》《玫瑰门》《大浴女》《无雨之城》《麦秸垛》《孕妇和牛》以及散文、电影文学剧本等百余篇、部。散文集《女人的白夜》获中国首届鲁迅文学奖，中篇小说《永远有多远》获第二届鲁迅文学奖。根据她的小说改编的电影《红衣少女》获 1985 年中国电影"金鸡奖""百花奖"优秀故事片奖。部分作品被译成英、法、德、日、俄、丹麦、西班牙等文字，亦有小说在香港和台湾出版。从她的文字里你能感受到她的精彩人生。她的文字很典雅，有着耐人寻味的感觉，她的小说中的主人公，更是成为当代文学的经典人物。她为人谦和，做事低调，办事有原则。一件小小的事情她都处理得那么妥帖，同时她也是追求完美的女人。在她的心灵世界，一切事物都是美好的，她热爱文学，把自己的生命时光都与文学牵手。她是著名的女作家，也是一位优秀的管理者，她身上的气息都是正能量的传递。

铁凝女士是能让人感受到温暖的人，有着清晰的思维和灵感，并将自己的能量与现实结合。作为领导她赢得了大家对她的拥护与热爱；她更是一位伟大的女性，身上有着坚韧不拔的毅力。

她关心作家的创作状况，给予很多作家以鼓励和帮助。她的真诚与友善，都是发自内心的。她是睿智的女人，她是有着大情怀的人，同时也是有着责任与担当的人，一位文学道路上的领航人，一位能给历史留下宝贵财富的文化人。

2016 年 11 月 1 日

莫言与库切

　　在鲁迅文学院第十九届青年作家班学习时，我很荣幸参加了中澳论坛。在活动现场，见到了莫言与移民澳洲的南非作家库切先生。

　　此次活动非常隆重，澳大利亚代表团来访问中国，并在现代文学馆举行了本次活动。我们这届的学员，很荣幸都可以参加活动。莫言先生首先讲话，他讲了自己获得诺贝尔文学奖后的荣耀与困惑，莫言先生还讲了他的作品，获奖前的心态，以及个人创作等。现场氛围热烈，掌声不断。

　　当库切先生讲话的时候，我们鲁院的学员和现场的中国作家们戴上了耳机，听现场的中文译员翻译库切先生的精彩发言。库切先生谈了自己的创作，谈到自己国家的文学现状，更谈到了世界文学的发展，他还现场解答了作家们提出的问题和记者的提问。库切先生很谦虚，他介绍了他们的作家们所面对的生活与工作。库切先生带着自己的团队来到中国学习和交流，也希望中国的作家们，能和他们的团队多交流。主席台上除了铁凝主席、莫言与库切先生，还有中国作协副主席叶辛先生，以及中国作协的其他几位领导与嘉宾。

　　现场我们想请莫言先生签名，可是前边被围得水泄不通。我灵机一动，喊了一位鲁院同学，我们一起到宿舍拿了铁凝主席和莫言先生的书，从一侧进去，请铁凝主席为我们签名。铁凝主席很痛快地为我们签好自己的名字。在从侧门出来时我火速请莫言先生为两本书签了名，凌寒也得到一份签名。我们两人心里还是有些小惊喜。毕竟那么多人围着，我们是为数不多的几位得到签名的学员。

会议圆满结束，现场氛围热烈，会后安排了澳大利亚代表团的十几位作家参观鲁院，同学们都很激动。大家在鲁院大门口合了影。恰巧我站在莫言与库切先生的后边，我突然发现，他们两位都穿着皮衣，而莫言先生的皮衣看着油光发亮，一看就是质感非常好而且有品位的。库切先生就在我眼前，我看到了他的衣服领、袖处都是起了皮的，渣渣快掉了下来，并且没有光泽，看着非常陈旧，好像这件衣服有很久的历史。我突然心里一惊，用手拽了我身边一位女同学，让她也看。不记得当时拽的女同学叫什么名字，但我们两个人都看到了这个情景，惊讶不已。难道外国人不讲究形象，不讲究衣服的好坏，还是他们本身就很朴素，很是节俭？自己去国外的机会比较少，所以不了解这一状况，更是感到好奇。合影结束，莫言先生有事提前离开了。库切先生和他的团队热情满怀地走进了鲁院的大门，同学们赶紧跑进去准备迎接贵客。老师通知，代表团要到一些房间看看，和同学们进行深入的交流。

代表团去了五六位同学的房间，大家都很开心，毕竟和外国访问团这么近距离的交流和学习还是第一次。有同学会茶艺，现场拿出好茶来招待贵宾们。虽然语言不是很相通，代表团的十几位作家都很亲切和热情，满脸的真诚与微笑，我们作为东道主更是热情地招待远道而来的客人。大家与库切先生和他的代表团合了影，都为能有这样一个难得的机会，与外国友人面对面地交流和学习而开心。会英文的同学在身边给大家做翻译。

仔细观察你会发现，在论坛上，两位诺贝尔文学奖获得者坐在一起，他们都在谈文学，谈文学的发展与困惑，谈未来文学的趋势。两位的思维各不同，但精神风貌都绝对好，有很深的文化底蕴和创作根基。他们在台上讲得热情洋溢，有的认真地做着笔记。莫言先生沉稳大气，眼里充满了自信。库切先生比较低调，但精神气质非常好，眼里充满了真诚和善意。他们谈文学，因两国文化的差异，角度各不相同。但有一个共同的愿望就是希望作家们都带着责任与使命，多出好作品，多在文学的道路上探索与发现，将思维与境界进一步提高和升华。本次活动，让中澳文化发展有了进一步的交融，让作家的思想境界得到更深的开拓与延伸。

莫言与库切，两位中外德高望重的诺贝尔文学奖获得者，各自是自己民族的佼佼者，都在文学的领域为国家争光，见证文化的悠远和肩负历史的责任与担当。莫言先生为我们中国文化在世界的定位起到了刷新历史的作用，将被载入史册。库切先生，同样为自己国家的文化发展起了奠定基础和导航未来的作用。这两位重要的嘉宾同时登台对话，同时与现场的作家们交流，这是一次文化大餐，一次精神和心灵的洗礼，我们受益匪浅。毕业后时隔四年多的今天，我想起这个画面，依然激动不已，写下这段记忆性的文字，表达自己当时的心境与感恩。

感恩我的母校鲁迅文学院，想念我们的鲁十九学员，永远的鲁十九，不可复制的昨天。今天我们已毕业四年多，但只要想起同学们，大家会瞬间打开心灵的闸门，那种感觉，非常温馨与美好。

见到莫言与库切先生是丁香花开的日子，是玉兰花绽放的时节。满院的清香弥漫了整个天空，一切是那么美好。

2016年6月18日

泪光里的妈妈

——读何建明《母亲的泪光》有感

母爱是伟大的。母亲的人格魅力和影响，伴随着我们一生的成长；母亲是人生路上的一把伞，为我们遮风挡雨；母亲是冬天里温暖的家，不管我们走多远，都会记得回家的路；母亲是心灵深处的清泉，能给我们的人生路上，洒满丝丝甘甜……

读《母亲的泪光》，我被深深地震撼了，那份刻骨铭心的感动，那份血浓于水的亲情。何建明与母亲的感情很深，他敬佩母亲内心的强大，感慨母亲为儿女们操碎了心，更因为自己几十年在京，没能很好地照顾母亲，内心非常自责和愧疚。他感激自己的妹妹为母亲付出了很多。

母亲已八十五岁，内心却如此强大，自立能力强，不愿给儿女们添麻烦，有着自己的个性和尊严，像一位坚强勇敢的战士让人心生敬畏……

母亲几十年如一日地行走在妹妹家与自己家的路上，风雨无阻，只是为了能多去打理自己的家，不让远去的父亲孤寂。打扫卫生，将屋里收拾得井井有条，根本不像长期无人居住的样子。儿女们的劝导，无法阻止母亲对家的深深眷恋。不管走到海角天涯，家是最温馨的港湾，因为有母亲的这份呵护，这个心灵的家园就到处充满了生机。父亲种的园子，柿子熟透挂满了枝头，等着主人来享受这瓜果飘香；桂花树在推门的一瞬间，扑鼻的香味沁人心脾。家里的一草一木都是有生命的，都是母亲辛勤的汗水在浇灌和滋养着。家里的每个角落，都是自己熟悉的印象，是母亲熟悉的味道。母亲将自己一生的热爱和牵挂都留在了这个家里，只是希望子女们健康快乐，能常回家看看。

《母亲的泪光》情真意切！透过日常生活的点点滴滴，让人感到母爱无处不在，让人感动落泪，久久沉浸在刻骨铭心的亲情里。母子情深，他的母亲是一位通情达理的人，能够始终设身处地为儿女们着想，能够为了维护自己心中美丽的家园，不辞辛苦地无数次奔波在回家的路上。家里虽没有人住，但母亲心中的家永远是干净整洁、美丽温馨的。母亲对家的眷恋不光是对父亲的那份情感，还有对这个家族文化传承的一种信念。这篇作品情感饱满，抒发了他对母亲、对家乡、对亲情的眷念。

何建明是一位重情义又有担当的人。他不管是对家还是对事业，都是全力以赴地付出。而面对母亲的时候，他依然有着内心的不安，总觉得自己做得还不够好，不能够为母亲分担忧愁。他愿让内心点亮璀璨的星光，为母亲呵护一片更好的蓝天。

母亲心细如发，竟然将何建明刚开始创作时所读的杂志和书，一本本积累起来，整整齐齐地放在家里。母亲热爱生活，她也有着自己的任性，隔三岔五地骑着自己的电瓶车，穿梭在心所向往的地方。养儿防老，他觉得自己做得还太少，面对母亲的坚持，他常常内心不安。母亲为了让他能有写作的安静，看电视从来不打开声音。他想设身处地的为母亲着想去照顾老人家，母亲却一切从简，绝不给儿子添麻烦。

母亲内心的强大，潜移默化地影响了儿子。离家四十年，在那个黑夜和母亲一起拿着手电筒走在回家的路上，在印象里体会这份童年里留下的"永不褪色的"乡愁。听母亲念叨着家乡的变故，他深切地感受到岁月的无情。这个由父母精心呵护的家园，有着一份世外桃源的感觉。母亲不辞辛苦，保留着当年自己在家的物品，小心翼翼地珍藏着，连家里的被褥都有着母亲晒过的阳光味道。

何建明不希望母亲来回跑，一个原因是担心不安全，另一个原因是觉得家里不住人没什么好打理的，希望母亲在妹妹家安定下来，能活两百岁。而他的母亲却依然风雨无阻。在母亲的眼里，不管儿子长多大成就多大都是孩子，需要关心和呵护。母亲时刻在为他守护着心灵的家园。面对已逝去的父亲，何建明最大的心愿就是能让母亲有生之年过得开心舒畅。

泪光里的妈妈，让人看着心疼。虽然母亲身体看着还算硬朗，但岁月已经在不知不觉中无情地压弯了她的腰，坚挺的是母亲的人格和强大的内心。母亲不怕辛苦，不畏风雨和严寒。母亲坚强的品格在他内心驻留，让他能够感受到有母亲就有家，有妈妈的家永远是最温暖的。家让心灵洒满了温馨与美好，处处鲜花绽放，鸟语花香。

"真是悠悠慈母心啊！"而此刻的何建明才明白了母亲往返那个无人常住的家的原因。他的母亲是心思细腻的人，热爱生活，愿意将自己此生的勤劳和坚韧，赋予这个家园绿色的生机。母亲心态很好，遇到事情能够沉着冷静，有着钢铁般的意志！一个热水袋，让他想起母亲在寒冷的冬天，为孙女去买热水袋，跌跌撞撞地摔了几跤，卧床几天后才康复——这是深深的祖母情。

母亲的泪光，是何建明内心深处那份感动，也是一份亲情的美好与温馨。母亲的品格无私的奉献，是儿女们精神的典范和楷模！

2015 年 10 月 13 日

我眼里的何建明

作家是拿作品说话的，而好的作品又是那样难能可贵。何建明始终保持高产，一部部大作相继问世。他的为人为文，他的威望以及人格魅力，深深地感染了无数读者。

提起何建明，很多人都熟知他是位鼎鼎有名的报告文学作家，平时为人低调，做事认真。与他交往过的朋友，都能够感受到他的热情与真诚。何建明当过军人，走起路来英姿飒爽，并且始终保持着军人的幽默与风采。后来当了《中国作家》主编，继而升任作家出版社社长，中国作家出版集团管委会主任，中国作家协会驻会副主席、书记处书记，中国报告文学学会会长等要职。他肩负这么多重任，却能在百忙之中抽出时间创作，将一部部大作完成，实在令人敬佩！

与他交往，你能感受到一种精神的力量。何建明关注民生，热爱生活，他的创作更多来自对重大事件的关注。每逢国家大事要事，民族有难之际，他总是冲锋在前，勇于担当。在三峡工程建设，2003 年抗击"非典"，2008 年抗击冰雪灾害，汶川抗震救灾，2010 年玉树抗震救灾和灾后重建等重大事件中，何建明都积极投身其中，用笔记录，为时代写史，为人民立传，描写中国特色社会主义建设的伟大成就，描写中华民族壮丽的精神家园，为推动文学大发展大繁荣做出了突出贡献。他多年前创作的作品《落泪是金》，关注家庭贫困的大学生，帮助很多孩子圆了大学梦。那些考上了大学，却上不起大学的孩子，因为他的这篇报告文学而得到了资助，实现了人生的梦想。他走基层，去了解和帮助那些需要帮助的社会群体。《落泪是金》成为当时很轰动的作品，受到了国家领导人的重视。

何建明推出了大批感人至深的优秀作品，留下了大量珍贵的历史记录，每部作品的背后都有一个传奇故事。《南京大屠杀》《忠诚与背叛》的问世，让更多的中国人警醒自己的责任与使命，从历史题材中挖掘对今天读者有益的内容，赋予历史抒写鲜活的文学性。《国家行动》《根本利益》《中国高考报告》《共和国告急》等一部部精品力作，贴近现实，反映当下的热点和焦点。他坚持报告文学作家的个性与风貌，追求文学品位，更坚守自己的创作底线，那就是创作和采访的独立性，创作出能够传世的作品。他有着作家的责任与使命感，有着忧国忧民的大情怀。用正能量大情怀体现对国家的热爱和作家的责任与担当，讲好中国故事，做好中国人。他的作品以丰富的故事情节、细节和富于感染力的语言来增强文学性和可读性，增强思想深度。

在突如其来的灾难到来之际，在重大写作任务面前，何建明从不缺席，勇于担当。他写天津大爆炸事件的时候，很多个周末他都没有休息，平时更是早出晚归，为《天津大爆炸》这本书的采访，一直忙碌。一同去采访的同事看到现场惨不忍睹的画面，看到烧焦了的消防战士，吓得都跑了。而何建明始终坚守着，在凄惨的现场忍痛流泪完成了整个采访。辛苦地忙完这部大作之后，身心更感疲惫，人也憔悴了很多，但他依然坚守着工作岗位。他连出差都随时带着笔记本，只要有一丝空闲时间，就会写作，完成新的创作任务。何建明是有正义感的人，仗义豪爽是大家熟知的。不管对人和事，他都是站在解决问题的角度去面对。注重细节，并能设身处地为他人着想。他不拘小节，不在乎形式，只注重结果。对事情的把握有理有据。复杂的事情简单化，并把它们妥善处理。

何建明还是一位有着大情怀的人，虽然创作以报告文学为主，但是骨子里他对诗歌也是情有独钟的。比如他写的《为什么我还有梦》，他在梦境与现实中思索，在探寻自己的感觉，他是富有诗情画意的人。在别人眼里他干事雷厉风行，立竿见影。他不喜欢拖泥带水，即使错了，也要知道事情错的根由，以此来总结经验，知道下一步的方向该如何把握得更好。与他相处，你会觉得没有太大的压力。他对事不对人，错误的理念，错误的观点，被他看到了，他就一定会告诉你并帮你纠正。一个作家的责任与使命在他的身上体现得淋漓尽致。认准的事会坚持到底，人生不留下遗憾。

他的诗《土城的土》，把当地的民俗风情与人文情怀融入了进去，后来被作曲家谱成了歌曲，效果很好。这些年，他始终为身边需要帮助的作家们着想，更是把帮助基层作家当作义不容辞的责任。他不去追求虚无缥缈的东西。

在当今这个浮躁而繁华的城市，能有一片心灵的热土，能有一片绿茵已难能可贵。我们不去苛求万事完美，但我们能够真正做到让自己内心无愧，能够平衡和把握一些事情的角度才是生命的真谛。

文学是一片土地，虽辽阔无边，却需要有人精心去打理，那样才能在干枯的土地上播撒种子，发芽开花和结果。内心有一泓甘泉，让心灵深处有一片自己的芳草地，这是诗意的生活，也是美好的境界。这样的境界需要诗情画意的感觉去发现。何建明这么多年在中国作协这个重要岗位上，做了很多有益于作家和社会的事情。他正是用真诚和友好，浇灌着生命里文学的新天地。他用自己独到的见解和思维，为中国文学的发展做出了贡献。

祝福何建明，更祝福他的诗意人生，愿他的笔墨飘香如陈年老酿，甘甜醇香万年长！

2015 年 10 月 18 日

长安最好的先生

忠实先生走了。"2016年4月29日7时45分，著名作家，中国作协副主席，陕西省作协名誉主席，第四届茅盾文学奖得主《白鹿原》作者陈忠实，因病在西安去世，享年74岁。"消息传来，社会各界纷纷致以悼念和哀思……

没等到五月，陈忠实的生命永远定格在了人间最美的四月天。长安最好的先生走了，这个消息像炸弹一样，让文坛震惊不已。这位让人敬佩的长者，我的老乡，陈忠实先生，永远离开了我们，离开了他热爱的文学。他是中国文学界一位巨人，陕西文坛的一座丰碑，中国文艺界的一面旗帜。我们怀着沉痛的心情，感慨岁月无情，感慨文坛失去了一位德高望重的好人。

驾鹤西去云深处，枕书长眠在世间，陋室里写就一个民族的秘史。先生的追思会堂设在陕西作家协会高桂滋公馆内。全国各大媒体和各省作协文联以及作家、文学爱好者们从四面八方赶来。他们中间，有他儿时的玩伴，有他的挚友，也有仰慕他人品和文采的素不相识的人。作为一位敬佩他的老乡，从事文学工作和写作的人，我视他为学习的榜样。我特意从北京赶回来，送先生一程。有两位女友陪我，一起来到陕西作协大院。设有追思会堂的二层小楼上挂满了挽联，进了大门右手边看到了悼念的灵堂，看到先生朴素慈祥的照片。我上前祭拜，抬头看到了灵堂前摆放的国家领导人习近平主席送的花圈和挽联，庄严肃穆的场面让我热泪盈眶……

先生是一位侠肝义胆的人，满身正能量，他朴实无华，多年来保持着陕西人的淳朴与善良。先生心胸坦荡，做人光明磊落；他生活朴素，不计较个人得失，淡薄功名利禄，追求人生的大气度和高境界；为人正直、热情、谦虚、低调，在文坛享有很高的威望和影响。先生的笔下，男人勤劳勇敢，女人善良朴实。先生的作品，讲述了民族的历史和精神。

先生走了，大地一片苍茫，文坛一片悲伤。"原上曾经有白鹿，人间从此无忠实"，这句话让人感慨万千，无限伤感。现场有很多陈老师的粉丝，忠实的读者。有读者特地拿出给陈老师拍过的肖像照，来表达哀思和敬仰。还有读者自己写了挽联，千言万语都在文字中。

先生文如其人，人如其名。来自先生故乡灞桥区西蒋村的乡党代表们，早晨六点多来到了现场，泪别自己最熟悉的亲人。大家说，来这里不是要送别著名的文学家陈忠实，而是送别我们村的好老汉陈忠实。

在低沉回荡的哀乐声中，先生的遗体安卧在鲜花翠柏中，身上覆盖着中国共产党党旗。先生平和、安详地去了，他被人们刻骨铭心记忆的不光是他的作品，还有他的人格魅力。黄土地赋予他的，是他身上朴实无华的气息。世间已无陈忠实，天地白鹿魂永存。文学依然神圣，忠实虽去，精神永恒！

1993年《白鹿原》面世，轰动文坛。先生近五十万字的长篇小说《白鹿原》，是他所有作品中最为人熟知的一部。《白鹿原》给陈忠实带来了荣誉。1997年第四届茅盾文学奖揭晓，《白鹿原》

摘得桂冠。

先生是关中的正大人物，文坛的扛鼎角色。作为一位大作家，先生是如此谦虚和蔼，与人相处从来都没有架子。生命不息，奋斗不止。先生走了，但他的白鹿原永远在人间。

先生用近十年的时间写出了《白鹿原》，拿他的话说，这是用来垫棺材底的一本书。这本书奠定了他在文坛现实主义经典作家的地位。先生的作品，写出了民族灵魂的高度，他将秦川大地金子般宝贵的灵魂进行了深度挖掘。先生的离去，是中国文坛的巨大损失，更是陕西文学界巨大的遗憾。先生对文学的贡献，不仅仅是一本《白鹿原》，更是他呕心沥血对中国文学繁荣发展整体的推进。他的创作精神和人格魅力，他的思想和生命之火，将永存人间。

翻看《白鹿原》，不敢想象当时先生是在怎样的环境下完成了这部大作。在创作期间，先生把自己封闭起来，要下多大的功夫，去挖掘和构思这样一部旷世之作。他历尽岁月的沧桑，为了打造一部经典，付出了何等的辛苦！

今天再读《白鹿原》，先生的音容笑貌仿佛依然在眼前，他的作品所绽放的将是别样的风采，先生给我们留下了永恒的记忆。我为自己是陕西人而骄傲，更为我们陕西有这样一位文坛巨匠，一位德高望重的导师而自豪！

长安最好的先生，永远的陈忠实，永远的《白鹿原》……

2016 年 11 月 26 日

我眼里的贾平凹

贾平凹出生在陕西商洛丹凤县，是我国当代文坛奇才。他毕业于西北大学中文系，代表作品有《商州》《浮躁》《废都》《白夜》《秦腔》《古炉》等，其中《秦腔》获得了第七届茅盾文学奖。贾平凹祖上世代是农民，黄土地的文化底蕴，孕育了这位优秀的作家。现在贾平凹担任中国作协副主席，陕西省作家协会主席。

贾平凹站在一个高境界大情怀的角度去创作和构思，写出来的作品也是大气磅礴，一部部著作都成为了经典。贾平凹所描写的作品场景大都是他所熟悉的农村。他的作品接地气，有着三秦大地得天独厚的文化底蕴和深厚的根基。

他写的《秦腔》，展现的是农村人的生活现状和风貌，站在农村的角度写这些最底层的社会弱势群体。土地供养了农民，农民一生都离不开他深爱的黄土地。有些农民被迫去城里务工，家里留下来的都是老弱病残。贾平凹的写作，既传统又现代，语言朴实而真诚，对细节的把握更是生动微妙，把农村人的那种善良和淳朴表达得淋漓尽致。

《秦腔》是当代小说的一个经典，也是大时代的生活写照。贾平凹作品种类繁多：有长篇小说、中短篇小说、散文，还有自传体长篇《我是农民》、诗集《空白》，还有《平凹文论集》，相关评论《学活着》《造一座房子住梦》《平凹与三毛》等等。

他没有架子，对人和蔼可亲，说着一口地道的陕西方言。在这个浮躁的社会，能感受到贾平凹作品中的真善美，他的字里行间，不光是对故事中的人物刻画，更让读者有一种横空出世的感觉。贾平凹的小说，让我们对社会有了更进一步的深刻反思。新时期刚开始时，文学界还沉浸在"伤痕文学"之中，贾平凹却以青年人纯真的眼睛发现了爱和美，《满月儿》《果林里》如一曲悦耳的笛声，给大地带来美的旋律，引起了人们的高度关注！

他常用清淡的笔墨，再现生活中被忽视的景象。他的作品有着非常独特的思想和艺术气息，有着自己的个性和尊严。他的智慧在于能从平凡的生活中捕捉到典型的故事，能让动人的情节展现出别样的风采。在语言表达方面，更具有他个人的思维特点，表述的方式更是与众不同，平淡中见精彩。

他的语言独特而隽永，如《废都》里的一句，"睡在哪里不都是睡在黑夜里？把擀面杖插在土里，希望长出红花；把石子丢到水里，希望长出尾巴；把纸压在枕头下，希望梦印成图画；把邮票贴在心上，希望寄给远方的她"。《病相笔记中》："心上有个人，才能活下去；在街头看一回风景的人，犹如读一本历史，一本哲学。你从此看问题就不会那么窄了，目光就不那么短了，不会为蝇头小利去钩心斗角。人既然如蚂蚁一样来到世上，短短数十年里，该自在就自在，该潇洒就潇洒吧，各自圆满自己的一段生命，这就是生存的全部意义吧。"

他是我们陕西的一张文化名片，更是一位值得敬重和学习的著名作家。以前见过贾平凹几面，但都是在会议场合，很少有机会单独向他请教。2016年10月回陕西老家，有幸与贾平凹研究院的王院长和秘书长一起给中国作协副主席何建明做了一个读书分享会。我们到会场的时候，贾平凹已提前来到，并热情地和我们打招呼。我和贾平凹握手的时候，他用我们陕西最地道的方言说，你是祝雪侠，我惊讶一下，很久不见，他还记得我的名字。

吃饭期间，大家在相互敬酒，我觉得自己年纪小，先等长辈们走完程序再敬大家。突然贾平凹老师过来和我碰杯，说了句关心的话，让我觉得内心很是温暖。一起和他过来敬酒的还有我熟悉的雷涛书记。

西安之旅，美好回忆。看到贾平凹那种陕西人的大情怀和创作状态，在贾平凹的文化研究院，在他的四合院里，感受那种文化气息的浓厚。这个四合院在曲江，环境优雅的小院典雅别致，有着独特的味道，里边是贾平凹大讲堂。墙壁上摆满了贾平凹的一部部著作，让人目不暇接。在墙壁上看到了贾平凹的手稿，感觉格外亲切。还有《秦腔》里的人物造型塑像别具一格。

我眼里的贾平凹，朴实无华，有着一颗金子般闪亮的心。他更是一位让你敬重的师长。向贾平凹致敬，向文学致敬！

2016年11月27日

诗情画意杭州城

——读黄亚洲诗集《听我歌唱杭州》

"杭州，我美不胜收的故乡。"这是诗人黄亚洲对家乡自信自豪的率性描述，更是对诗情画意杭州城恰如其分的定位。这是我读这本有厚重感的诗集，倾听作者讲述一个城市故事的直感。

诗集分为四个篇章。第一篇章中，《我要这样询问杭州》，细读，就觉出了这个城市的神奇与令人向往，知道了"品质之城"的原委："新杭州人，为什么来了就不肯离开？比如岳飞，比如秋瑾，一种精神的最后归宿都要选定杭州！""为什么最美妈妈，最美爸爸，都会是杭州的一双儿女？""白居易市长，苏东坡市长，早就把杭州，定位于诗歌。"在《我的城市，正走入森林》这一首中，我尤其真切地看到了眼前无边的绿茵，感受到一座被绿色洗礼和拥抱的城市。这养眼的绿，仿佛是夏日的雨丝飞扬，心灵洒满了丝丝甘甜。同时，我也能感受到作者诗句之后的寓意：绿色是环境可持续发展的基础，是人的精神世界与诗意世界的标志色。

第二篇章是"西湖天下景"，作者深情地歌唱了被称之为"文化湖"的西湖。西湖所蕴含的精神力量，被作者在历史的层面以及当代的层面上，丝丝缕缕地演绎了出来。而且这种演绎是艺术的，是诗歌的，是"经过精心处理的口语"，所以，呈现在黄亚洲诗作里的西湖，特别受到了读者的喜爱。这种喜爱，我从杭州的那场诗歌朗诵会的热烈掌声中，深切地体会到了。

诗集的第三篇章，名为"运河天下河"。天下闻名的京杭大运河的南端是在杭州。我知道黄亚洲自己的文化工作室，就坐落在大运河畔。所以，作者对大运河倾注了自己特别的感情。他在《大运河放歌》中是这样写大运河的壮阔的："这是一个奇迹：黄河奔入了长江，长江流入了钱塘！这是一种力量：河北、山东、安徽、江苏、浙江，从一个出其不意的方向，挽起了强大的臂膀！这是一种风范：甘蔗、莲藕与大米，连接了小麦、花生与高粱！这是一种榜样：黄皮肤的中国人，敢于在自己的版图上，用清澈的水纹与滚圆的桥洞，制造了成千上万个月亮与太阳！"

想象是海阔天空的，但作者也正是在这种磅礴的放歌气势里，冷静地点出了运河本身的意义所在。

第四篇章，写的是大杭州的概念，篇名为"杭州的周边，也美得摄人心魂"。在这一篇章中，读者可以从《龙门古镇》《水下狮城》《千岛湖，森林氧吧》等一系列的景色描述中，倾听作者将杭州的故事娓娓道来，从而在更大的地理范畴中，感悟到杭州深厚的历史文化内涵。

G20峰会即将在杭州举办，历史给了杭州一个盛况空前的机遇。在这见证奇迹的时刻，黄亚洲在"华语之声"传媒的努力推动下，在北塔先生的精心翻译下，由杭州出版社重磅推出了新诗集《听我歌唱杭州》，这是为峰会的加油、助力！

我有幸去杭州，参加"喜迎G20，吟诵杭州城——黄亚洲诗集《听我歌唱杭州》诗歌朗诵会"。现场氛围热烈，七百余名观众的掌声一阵阵响起。跃动的舞台、瞬息万变的背景墙、撼人心灵的朗诵、激情飞扬的歌唱，杭城艺术家们的这一场近乎完美演出，让我仿佛看见诗歌正张大她灵性的翅膀，在杭州城与西子湖上空极尽美丽地飞翔。

黄亚洲以一位诗人的视角，以特殊的文学方式，向世界展示了杭州独具魅力的个性。

会讲故事的人，就拥有了全世界。而黄亚洲就是善于用故事的情节，展开对杭州美的释放。他用诗歌的方式讲述中国故事，用诗歌的灵魂来塑造这个美得让人心醉的城市。他的语言有画面感，同时也很有穿透力。

确实，黄亚洲的诗亦如其人，亲民而不失高雅，含蓄且不露声色。在倾听他的这些佳作的时候，足以让你陶醉于他刻意营造的意境之中。这是需要功力的。

总之，《听我歌唱杭州》是诗人的呼唤，也是诗人尽情的歌唱。这声音不很大，却可以给你足够的震撼与遐思，可以陶冶情操，可以放飞梦想。我想，这就是作者写作的初衷吧。

2016年9月3日晚

天堂小草在歌唱

今天，我实现了自己的理想，来到了鲁迅文学院，但是我再也看不到您，我们的老院长、诗人雷抒雁。此时此刻，我沉浸在悲痛中，泪眼婆娑，千言万语、万语千言，欲言又止……

我是鲁迅文学院第十九届高研班的学员，也是您的陕西同乡，想亲亲地说上一句家乡话，道一句家乡情。雷院长，您是泾阳人，我是武功人，虽然隔着山，隔着水，但黄土地滋养了我们的性格，走到哪里都是一样亲。

雷院长，今天您的小老乡在此追忆，更有您日夜魂牵梦萦的陕西老家人们为您的远去惋惜，悲痛。我是个初出茅庐的小辈，来到您曾经呕心沥血的鲁院，来到我一生敬仰的文学殿堂，这是何等幸福而自豪的事。而此刻我的心在淌血，我心中的楷模、陕西人的骄傲——雷抒雁，离开了我们！小草在哭泣，小草的歌声中留下了多少不舍与感慨。江河呜咽，难倾我的悲痛之情；山岳凝眉，难诉我的怀念之心。我遥望天际，不见您的身影；我颔首大地，只见您留下的诗行与春天竞荣。尊敬的雷院长，您在文学道路上的执着探索会成为我们年轻人永远的楷模！您的精神和力量激励着我们，使我们在遇到困惑和迷茫时勇敢走出自己，面对人生，面对困难时寻找心灵的阳光。时间飞逝，春天的小草又迎风歌唱。绿色洒满了人们的视野，您虽已远行，却活在无数人的心中！

雷院长，我知道您寄予我们厚望，因为您在病榻上最后的时日里，仍然关注着我们青年作家的成长。您把一颗心化作无限的关爱，倾注在年轻人的身上。我们忘不了您当年从家乡的黄土地上走出来，经历了军旅的洗礼，凭着陕西人的坚定与勤奋、聪明与智慧，走进了国家级的文学期刊社，在诗歌创作的道路上，屡获大奖，成为一代诗魂。今天无数的作家和诗人，为失去您这样一位令人敬仰的文坛前辈而叹息。

中国作协高洪波副主席这样说："我们今天追悼雷抒雁，回忆当代中国诗歌曾经的辉煌，同时也召唤信念和激情的回归。"白描老师说："一位异常敏锐、异常活跃、异常深刻的头脑停止了思考，一位天才终止了他的创造。雷抒雁的辞世，是中国诗坛、中国文学界的巨大损失，我们为之痛心。"文学评论家雷达谈道："雷抒雁在文学史上留下了一笔财富。雷抒雁的《小草在歌唱》是一声嘹亮的呐喊，为人们冲破思想迷雾助威，他的诗歌创作顺应了人心和潮流，被中国读者记住，被历史记住。他应该感到幸福和光荣。"……像这样真诚而无私的赞扬与评价，如江河般涌流，读来都会让人从心里感动。

雷院长，我们永远忘不了您回故乡的日子，您一次又一次地把诗歌带回了故乡。在西安举行的诗歌节上，您是那样满怀深情、满怀眷恋。您为家乡骄傲，因为西安是一个和诗歌结缘很深的城市，无论是《诗经》的典雅，还是唐诗的鼎盛，都和西安这个文化底蕴深厚的城市有着密不可分的关系。您为诗人呐喊，您说："一个诗人应该是有思想的，好的诗人也应该是一个哲人，他提供给我们的不仅是审美的，同时也应该是启迪的、思考的，这些是促进人类进步的东西。"而更让我感动的是，您对故乡的一往情深——"回到陕西，我永远是这片土地的孩子，陕西人的特质给了我很多文字上的启迪，以至于我的诗里总是情不自禁地带着这股子刚性。""我虽来京漂泊十几年了，但是我的成长期和成熟期都在陕西，陕西的文化积淀很丰富，陕西人的性格中除了热情、耿直外还有一种宁折不弯的品格。陕西人性格里强悍的一面就是我诗里刚性的一面，是陕西人的性格渗透进我血液里的根。我感谢故乡的热土，也感谢诗歌，让我的人生如此丰富。"从这些掏心窝子的话中，大家看到了您的赤子之心。

雷院长，我是读着您的诗长大的。我像一株小草，在乡间歌唱，我多么盼望有一天能走进鲁院，聆听您的吟诵！如今，我的梦想实现了，可您却离开了我们。在这无比悲痛的时刻，我深深地感到，您是我为人的楷模，为文的榜样，有您这样的乡贤激励我，我在今后人生和文学的道路上，一定会迈得更坚定，走得更高远！

雷院长，我相信天堂有成片的青青小草，在为您歌唱！

2015年5月6日

无法释怀的生命

——读石英先生诗集《走向天安门》

一个不忘本的人，不会忘情；一个经历过战争的人，即使在和平年代在梦中也会有硝烟。那些失去的战友，那些逝去的生命，会久久萦绕在活着的人心中，会在特殊的时间，以特殊的方式让人无法忘怀。因为他们以青春，以生命，换取了一轮红日，一片蔚蓝的天空。

石英先生就是经历了那场史无前例的战争，而又时刻想着怎么慰藉先烈的人。他把那段难忘的记忆尘封在心里，不断发酵，酿成真正的陈年老酒，这酒很纯、很香、很美。他一直等待着一个时刻——开坛。今天这坛老酒终于启封——《走向天安门》，献给新中国六十华诞，正得其时。

当拿到这本不厚，却厚重的诗集时，我被诗集中出人意料的精彩震惊了！如果说中国共产党创造了新中国是一个奇迹，小米加步枪创造了战争史上的一个神话，那么无疑石英先生也创造了一个新诗的奇迹。

新中国诞生前的二十八年，是一个永远的话题，对它的公平评价，需要一杆神秤，石先生以亲历和修为找到了。其实答案就在我们的国旗上。那时只有一种颜色——红色——可以改变我们的民族！

在这七十二首诗中最集中最耀眼的色彩是红色，是血色，当然不乏血腥，是血染的战旗，是血浸的土地……红星、红壤、红土、红心；血花、喋血……

这一切都是那么让人震惊！无数的青春，无数的鲜血，还有无辜的生命！

诗的纯美在这里被展示得淋漓尽致。只有最纯的意象才能够献给最该敬仰的人！也只有追求完美的诗人才能够将美升华到极致！从这点来说，石先生已经完全实现了他的心愿，甚至在某些方面已经超乎了他的预想，这也正是诗歌的魅力。他凭着一腔热血和真诚为祖国六十华诞献上了一份厚礼！

2010年9月12日

祝雪侠评论集

—

文坛常青树

    石英先生，一位久闻大名却从未谋面的长者。在没见到他之前，心存几分忐忑。他是当代文坛上的独行侠，游走在多种文学体裁之间收获良多，个性鲜明，又略带几分神秘。

    感佩他的细致，在走进传达室之前，他已经给传达室打了招呼。还没见到他本人，一股暖流从心底升起。走在人民日报社大院宽敞的路上，四月的丁香花开得正艳，在绿树掩映下散发着浓香，我忍不住走到树前，深深地嗅着花香，仿佛把整个春天的美好都吸进了肺腑。春天的景色是那样的美丽，怀着这份美好的心情，迈向石英先生的办公楼前。

    石英先生的办公楼，在院子的深处，而他的办公室又在楼的深处，仿佛陶渊明的"结庐在人境，而无车马喧"是为此处注释的。像走进了世外桃园，浮躁的内心开始渐渐地平息。轻轻敲开先生的办公室，他热情地招呼我们，很快结束了电话通话。我简要地说明来意，先生显得很随和，这增强了我的信心。他给我的第一印象是可敬可亲，和蔼的微笑，满目的真诚，心中的想法坦然地展现在慈祥的脸上。

    我很想知道，是什么造就了石英先生今天的性格。他拥有怎样的成长环境？又是如何成为诗歌、散文、小说创作多栖的作家？一个人的成长离不开自己生活的环境和经历。

故乡是与母爱联系在一起的，母亲的爱和故乡的大地一样淳厚。那条洗得灰白的印花巾在我心中占据了重要的地位，它是我们心中联结母亲和故乡的纽带。人的心灵中不能没有美好崇高的感情，对母亲对故乡对祖国的爱也应当属于这种情感。心灵中有了这种美好的东西，精神上才是富有的，生活起来也才具有真正的自由的意义和力量！人性的美好在于发现，一切都已那么遥远，但今天想起来却又那么亲切。

不为名利而倾心，只为真实而坚信。生活中的感恩，寻找那曾经给予他心灵深处的记忆，让他能够寄情于山水，缅怀古今中外的仁人志士。也许因为他拥有一个得天独厚的小环境：临窗便与绿叶为伍，与翠鸟对话，与晨阳和雨珠相映成趣。在这样的环境中陶冶性灵，滋养心境，再配上天马行空的个性，甘于在闹市和名利场中隐居的心胸。所有这些都造就了石英先生的美文如春花之烂漫！

读万卷书，行万里路。以石英先生的勤奋和独行，在公务繁忙之余，能够做到踏遍青山人未老，实在难能可贵。他的足迹绝不是一种广义的炫耀，而是一种真正的体味。为了挑战生命的极限，他年过古稀竟然一人独自去西藏。而独去的理由竟然是那么简单，简单得让人无法置信。他既不喜欢打扰别人，也不喜欢被别人打扰。而且让他为之自豪的是，一个人出门，对于别人来说是一件痛苦的事情，在他看来却是一次难得的展示自己的机会。

现在石先生对于参加各种公益活动，兴趣依旧。所不同的是，对于所去之地，所见之人，有自己的标准。地方不在于大小，只要那里具有独特的人文底蕴，虽千万里绝不嫌远；对于有交流必要的人，虽千万人绝不嫌多。如此做乃是为了净化思想，使自己永葆纯洁的一剂良药。正像人们不辞辛劳，不远万里，冒着生命危险，前仆后继去征服一座座雪山，因为"凡是登上雪山再走下来的人，灵魂都经过一次非凡的净化"！

我十分敬佩石英先生对生活的态度，对纷繁复杂的社会丝丝入扣的分析，这些对我产生了极大的吸引和感染力。人的想法有时是不连贯无界限的，可以跨越一切时空。他眼中的艾青，和我眼中的石英有着如此多的相似之处：

读石先生的诗文，使人感受到"清新中的清新，古雅中的古雅"。他认为不管是为人还是为文，要想逃脱"像活着的死者"的命运，"关键是永远保持吐纳态势，保持那种不怯生机勃勃愈挫愈旺的精神"。他是一个喜欢自由的人，用感觉在体验人生的美好，一个真正意义上的感觉派。

石先生把往昔的生活彻底沉淀，然后挥动巨臂搅动，再沉淀，成为他的小说素材的一个重要来源。他的小说，不是为了追求时尚，而是为了把这种纷繁复杂的社会进行一次全面而深刻的梳理。他认为诗歌和散文等无法做到这些，小说，只有小说，能够把他对人生对社会的思考通过具体的人物形象、曲折的动人情节全面展示出来。他的小说如自己生命的一个个里程碑，刻录着他对于生活的思考和感悟。长期的观察和研究，使他强烈地认识到中国当代文学致命的弱点之一是在人性方面的浅薄。石英先生的"人性三部曲"（《公开潜伏》《人性伏击》《人性磁场》）就是直面人性的力作。《人性伏击》仿佛是一场残酷的遭遇战，对于他此前所有的信念和价值做了一次有意的拷问与评估。小说中的主人公是一位中年地理学家，为再造西北秀美山川历经坎坷，不断遭到恶势力的伏击。书中全面而深刻地揭示了善与恶、美与丑、奉献与索取之间的较量，呼唤正义与良知。其实有时蛰伏或者潜伏在人性中的带着本性的基因更难涤荡，更难消除，一旦有了风吹草动，就会顽强地生根，并迅速地蔓延。《公开潜伏》可以解释许多用常识无法解释的现象。《人性磁场》作为人性三部曲之压轴卷，是石英先生与人为善，相信真情、相信人心的最好例证。

　　作为一个诗歌爱好者和创作实践者，石英先生乐意持包容的态度,看待当下纷繁复杂的诗歌现象和追求各异的诗人。他充分肯定了近一二十年来新诗的发展有进步、有创造、有成绩。而新诗脱离生活、脱离读者、脱离健康情趣，实际上是这些年人们认为新诗不景气的症结所在。诗歌承担了过多的不属于自己的东西，而最重要的"生命核"却被大多数诗人忽略了。由此，造成了目前"写诗的人比读诗的人多"这样的尴尬局面。回到诗歌本身，让诗歌成为诗歌，真正成为时代的、民族的、民众的，这才是诗歌唯一的出路。任何声嘶力竭的叫嚣和文坛上扯旗为王的喧闹，只会给诗歌带来无尽的伤害。诗人的笔只能流淌两种物质：一种是鲜血，一种是露珠。在丁香花开的季节拜访石英先生本身就是一种美的沐浴、美的陶醉。石老说自己喜欢丁香花，丁香花开在春季，在万绿丛中尽管花形不大，但凭借自己内心散发出来的芬芳，不辜负一季的好时光。春天永远"清纯、甜润、淡香，春天的心胸开阔、公正、大度，最具同情心"，我感受老人凝重、毫不张扬的个性，更让我敬佩的是，和石老好几个小时的谈话，老人竟然连一口水都没有喝。石老的健谈和毅力让我万分感慨，在石英先生的眼里我感受到的都是春天的美好。

　　越是愉快的谈话，愈发显得时间短暂。夜幕降临，在和煦的春风中度过了一个愉悦的下午。出了饭店大门，看着他稳健的身影，耳畔又回想起他底气十足、铿锵有力的话语。也许是他简单的饮食，生活中他从不给自己施加无形的压力，让自己过得像海燕一样自由，加上为数不多的嗜好，使得他如此怡然自得，在喧嚣的大都市里，拥有如此好的心境。善于营造小环境的石老，总是能够寻找到这样的一方天地。石英先生不嗜烟酒。他红润年轻的面孔，是靠他每天都不能离开的酷爱的芝麻酱和两支蜂王浆，几十年如一日，真是难得的钟情。他的养生之道在于不贪恋奢华，不与世事论纷争。但是，最为重要的还是他的豁达、健康、年轻的心态，使他能永远保持旺盛的精力。

石英就是石英，一位不可重复的脱俗的文学大家，一棵枝繁叶茂的文坛常青树，一个自称"执拗"的古稀老人。

2006年11月26日

高原人生三原色

——读王宗仁先生《藏地兵书》

独特的生活，造就了独特的人生。而身处独特的环境，横跨两个海拔高度，"站在高处看低处，人如蚁；立在低处望高台，人像鹰"，这便是年近古稀的著名散文大家王宗仁对非比寻常的藏地生活最为独特的感悟。

为蚁，为鹰，自然就有了不同的经历，不同的人生，不同的境界。这里是无人区，而扎根在这里的军人化成片片羽毛，塑成一座汉白玉雕像，魁梧、凝重、深沉，屹立在山口，屹立在天边，屹立在每一位渴望高度的人的心中。

这是一个只能祈望的高度，因为这个高度是靠人的肉体和精神的极限才能抵达的高度。只有单纯如雪的洁白生命，才配拥有这样的境界！这是不经意间的选择，亘古的高原，即将打破沉寂，迎来他们——共和国的人民子弟兵。王先生无论身在何方，身居何职，总也忘不了那段冰与火的际遇，因为"它已经被无情的岁月锈蚀了三十多年，但还是像镀了金子般在我眼前闪烁着"。

20世纪50年代末60年代初，作为一名在青藏高原汽车部队的汽车兵，他几乎每个月都要在那铺满冰雪的群山中跑上几回，戈壁、草原、冰河、峡谷是他身心的营地。在以后的日子里，那些刻骨铭心的体会深深地烙入他的灵魂。

在雪山冰岭开汽车所吃的苦，是常人根本无法想象的。夜里住在临时搭建的四面透风的帐篷里，天还黑乎乎的就从被窝里爬起来，一直到晚上七八点钟还在路上跑。脸上总是蹭着油腻，没有工夫也没有水去洗。最难受的是疲累缠身的那个滋味，一天下来浑身上下没一块舒坦的地方，走出驾驶室就瘫在地上一步也不想动了。然而，正是青藏高原的汽车兵生活，给了他文学创作的激情和丰富的源泉。他太珍惜这段磨砺了!王宗仁说他至今还保留着真挚和淳朴的品格。

王宗仁做什么事都是很敬业的，身上有着军人的认真和干练，从时间和精力上都比常人投入得更多。现在他依然保持着每天五点起床的习惯，散步之后，即投入写作，然后骑自行车去上班，尽管他现在完全可以拥有一辆属于自己的汽车。当我们聊起王宗仁的文学生涯时，他至今还感到不可思议。王宗仁一直在反复感慨着一句话：文学给予他一生的收获实在是用千金难买的……

当时，他的全部写作时间都是在每天晚饭后的驾驶室。车子保养后，连里开会点名也进行过了，涌在胸间的那些故事，使他忘掉了疲劳。别人挖空心思地找素材，而他好像是被素材揪着不放。他写一个迷路的藏族姑娘被他们救到兵站，写道班工人在干渴的沙漠设立了开水站，写飘雪的冬夜兵站的同志为抛锚的司机上山送饭，写汽车掉进冰河后司机跳进寒流滚滚的波涛里救车……那些令人感动的人和事，在他的笔下熠熠生辉，这是那段艰苦的岁月里最丰富的创作源泉。

在4000公里青藏公路上，在那紧张而繁忙的战勤运输中，这狭小的驾驶室是他夜晚驰骋的疆场。"我向往夜晚，我苦恋这块空间。但我更明白，我必须在每一个白天精神抖擞地、出色地完成运输任务，做一个够格的汽车司机；我必须倾出满腔热情去爱驾驶室外面的世界，爱那里的山山水水、沙漠甚至一只刚刚出生的藏羚羊，还有每一个立志献身高原建设的人。"正如罗丹所说：世界上并不缺少美，而是缺少发现美的眼睛。王宗仁始终坚守着自己的良知，将自己的满腔热血和爱心全都抛洒在这片热土上，把自己的生命交给平凡而又不凡的每一天。这样的不同凡俗经历换来了一篇篇精彩的美文，我不知道对于他来说，历史的机缘和现实的选择与坚守，哪一个更重要？我知道，该拥有的他都拥有了，该创造的，已经在创造，而且随着时光的雕刻，精品叠出的日子必将喷薄而出，势不可当。

那片神奇的土地有他难以割舍的情怀，青藏高原上的小小驾驶室是他勤奋创作的天地。

这才是王宗仁不同寻常的收获青藏作品的密码。拥有这个密码，就有可能开启他的众多作品的密核，我们就可以通过他的作品感受到他的真诚，他给人带来的那种精神力量，领悟到他的独特的艺术魅力。

在抗美援朝的战场，战士是最可爱的人；在高原上，又累又苦的高原汽车兵是最可爱的人。他在那里当了七年汽车兵。"我们把温暖送给汽车，让汽车把更多的温暖送给更多的人"。当时被中央电视台的新闻转播的那篇很轰动的散文《风雪中的火光》，震撼人心，曾经给无数的人带来了精神的鼓舞！每当想到这些，它就像电影一样闪耀在我的眼前，让我心中涌起无限的感动。对高原的感情是一种力量，更是一种动力。王宗仁的散文《夜明星》被选入全国初中语文课本，1980年他回乡曾给当地的学生讲了这篇作品和高原的故事。王先生谈到给家乡学子上课的时候，眼睛仍然饱含激动的热泪。从他的回顾中，我能感受到他对家乡那片土地的热爱和眷恋。他的散文《藏羚羊跪拜》被选入不同的小学和初中课本，散文《拉萨的天空》《女兵墓》被选入北京市中学的课本。散文《望柳庄》拥有了全国的读者，中考必读。这是怎样的殊荣？王宗仁说：热爱生活，热爱大自然的一切，经历了人生的大悲大喜，到现实中去体验生活，去感受人生。

王宗仁具有一般作家所没有的创作资源，重新认识自己，认识高原，他的作品无愧于青藏高原，有着与高原一样的高度！

王宗仁是一个上百次穿越"世界屋脊"的军人，一个把生命化作青藏高原一部分的作家，他写了四十多年高原军旅生活，数百名藏地的军人从他笔下走过。在平凡中见精髓，一种高深的意境，经过作家笔端的刻画，枯萎的花草也有情，给生命戴上了绿色的光环。他特别注意生活中的细节，如一名医生说"伤口很精神"，他会去细细品味，从形象思维来考虑问题，去深化它，善于捕捉思考的因子。王宗仁告诉我，在年轻的时候，不要害怕困难，不要拒绝吃苦，经历是人生最好的财富，但问耕耘，不问收获。

王宗仁的作品中有三个极为强烈而耀眼的元素，是构成他丰富多彩作品的内核，这就是：雪、女人、坟。我们无法释怀，生命是如此顽强，而生命又是如此的脆弱。在荒凉的青藏高原上，站立的是不屈的生命，即使高原反应的剧痛使你的一切信念在顷刻间泯灭。

从《女兵墓》开始，王宗仁有意无意地就已经奠定了自己作品的风格，也找到了他作品最基本的元素。只是这时他还没有清醒地认识到。他在作品的开头就已无比清楚地告诉了我们，怀着一颗忐忑不安的心，用自己颤抖的笔沾着鲜红的血，在洁白的青藏高原书写英勇无畏的生命，是无畏的生命使得"风雪中孕育的故事不怕冻，越冻越鲜嫩"。

在"千里少人烟，四季缺颜色"枯燥荒芜的高原哨所，军嫂雪莲使那个世界彻底变得欣欣然。相会总是短暂的，分手成了那些士兵心中永远的伤痛。好在战士们的创造性，使得"军嫂成了边防线上一处独特而新颖的风景，招引了许多观光的人，不仅是当地的藏族牧民，就连部队领导机关的军官来边防检查工作时，都要久久地深情凝望小镜上的彩照。一位将军来到哨所，听了"嫂子"的事情后，说：'这是一个很美丽的故事，她是一个伟大的女性！'之后，他对着小镜上的彩照恭恭敬敬地行了个军礼"。

是她们美丽的心灵让那片神奇的高原显得富有生机和魅力，也让生活在那里的人，或者去过那里的人，以及读过《藏地兵书》的人，油然产生一种敬意。

采访王宗仁，一切都是那么自然融洽，与他交谈也没有过多的客套话。也许因为我们是同乡，对他的一口浓浓的乡音倍感亲切温暖的缘故，三个小时很快过去了，他脸上始终挂着慈祥的微笑和对美好生活的无限感慨。他极为朴素，如果是在清晨遛弯遇见他，我怎么也无法想象出他拥有这样传奇的经历，写出那么多精彩的美文。

这就是王宗仁，一个拥有巨大精神财富的散文大家，是真正意义上的高原赤子。只有赤子的情怀，才能够守住那份坚贞。

2006年12月4日

我们的李一鸣院长

时光飞逝，我在鲁迅文学院读书的日子已是四年之前了。2013年2月28日，漫天的黄沙和雾霾没有阻挡住我们的脚步，大家从全国各地赶来，参加鲁迅文学院第十九届的高研班。那种激情和面对鲁院神圣殿堂的向往，至今还深深地刻画在脑海里。感恩生命中的遇见，感谢鲁院，感恩我们的院长、老师和同学们……

两位朋友送我去鲁院就读，刚进大门，激动的心情无以言表。记得在登记处，几位老师在给前边几位同学办理入学手续，很快轮到我了。印象深刻的是，有位老师看了我一眼，就说祝雪侠来了，吓我一跳。经过介绍得知这是我们的李一鸣院长，难道李院长认识我吗？好像不曾见过，但看了一眼就能叫上名字真是不可思议的惊喜啊。我的心扑通扑通地跳着，难道这位老师有特异功能，能够将自己的学生一眼看穿吗？正在我百思不得其解中，突然听到有人说手续办好了，可以上楼去513入住。我抬头看到的依然是李院长，只见他身穿西装，一副和蔼可亲的样子，很是绅士。瞬间我的紧张，就被李院长的真诚和热情所融化。

在就读的日子，大家上下课，在电梯或餐厅也常会碰到老师和同学们。有一次在餐厅，李院长就坐在我们大家的对面。他竟然没几天就能叫上很多同学的名字。我这才得知，李院长是非常有心的人，我们是李院长带的第一届学员。李院长记忆力非常惊人，为了让大家感觉家的温暖，他用心记住了五十位同学的名字，并准确无误。我们大家面面相觑，都觉得院长是高人，让我们这些当学生的很是佩服。李院长没有架子，对大家用心关照一视同仁，只要有同学需要帮助，他会竭尽全力。我们在鲁院读书的日子，每天都能看到李院长忙碌的身影。他来得早，走得最晚，把我们学习、生活各方面安排得都非常周到，还问大家有没有不习惯，有什么需要的尽管说。这让我们这些全国各地的学生万分感动。

一次文艺联欢晚会，李院长朗诵自己写的一首诗，赢得了雷鸣般的掌声。他不是提前写好诗，而是现场发挥信手拈来朗诵一首，且很适合当时的场景当时的意境。后来听诗友说，当年鲁院竞选常务副院长，他是以出色的成绩，以第一名当选的。敬佩李院长才华横溢，他的满腔热情，做事的细致入微，让我们这些学生铭记在心。记得在当时文艺晚会上，我感冒还没好彻底，平时很轻松能唱好的《青藏高原》却有些吃力，这时候出现令我感动的一幕，李院长和王璇院长立刻起身，和大家一起站着和我一起来唱，缓解了我的紧张和尴尬，我的内心涌起了一股暖流。

2013年8月要开全国青年创作研讨会时，我发生意外在医院刚做完骨折手术。不参加吧，觉得人生留下遗憾；参加吧，我还坐着轮椅带着拐杖。为了圆梦，我毅然决然在手术线未拆的情况下，办理了出院手续，来到了鲁院。我先生推着轮椅到鲁院门口，扶着我拄着拐杖来报名，感觉自己很无助，内心忐忑不安。我是个死要面子活受罪的人，当然当时那种情况下也感觉很是自卑。毕业才几个月，当时活蹦乱跳的我，此刻却坐着轮椅来到自己的母校，心情很是复杂，不知如何面对我的老师们。李院长和鲁院的几位老师，看着我这样来了都惊讶不已，赶紧迎上来询问我的情况。李院长告诉办公室的老师，让我先报了名。李院长和办公室的温老师还有我的班主任孙老师嘱咐，让我参加第一天重要的会议，其他的就不参加了，并嘱咐我先生要对我特别照顾，注意安全，并嘱咐一起去的同学多操心。因为李院长以前在山东当过医学院的院长，所以面对我的状况，他更知道如何处理比较妥当。在李院长的帮助下，我圆了参加青创会的梦，心里洋溢着幸福。

去年11月，我来到中国诗歌网工作。得知李院长在今年3月荣升为中国作协办公厅主任。有两次开会见到了李院长，发现换了岗位的李院长因为操劳一下子憔悴了很多。当我问到情况时，李院长笑了笑说："为了工作能做得更好，辛苦一点也值得。"是的，院长现在这个岗位是承载着作协上传下达重要任务的岗位，能不辛苦吗？但他却显得非常轻松，很是开心。我们说李院长您好像瘦了很多，他笑呵呵地说，这样好啊，我可以不用运动自然减肥了。

这就是我们的院长，一位非常负责、把学生的事当作自己的事来办的好领导；一位能在平凡岗位上做出巨大成就的好院长！他平时为人低调，做事讲究章法和原则。李院长平时也写诗歌和诗评，写散文，更多的是写人物评论。李院长的人文情怀和骨子里的文人墨客的情结非常浓。

我们毕业了，但鲁院和老师同学们，却是我一生刻骨铭心永恒的美好记忆。我们的李院长在大家读书期间，所付出的心血也是有目共睹的。我们不舍鲁院的这份情怀，每当别人在任何地方提到鲁院这几个字时，大家会觉得非常亲切。只要是校友，不止是同学，马上都会感觉亲如一家人。而李院长在大家进了校门，就能够喊出五十位同学的名字，让我们所有人都为之惊叹，也让在鲁院学习的日子多了一份美好与亲切。

大家都觉得李院长是最好的，而且他给我们带来榜样和精神的力量！我们会永远记得鲁院读书的日子，记得我们的老师和同学们，更记得为我们付出很多心血的李院长……

2016年11月25日

以生命铸就高洁的圣杯

——读张雅文《生命的呐喊》

"一个人是无法选择国家的，更无法选择时代，但却可以选择自己的命运。"这不是虚拟的口号，也不是苍白的誓言。这是一个传奇，也是一个平凡的人所能追求的至高境界。

因为她出生在只有一户人家的山沟里；因为她只读过五年书；因为她曾是国家一级速滑运动员；还因为她从中年开始步入文坛，屡经磨难，却以坚忍不拔的毅力和锲而不舍的精神，先后创作了《蹚过男人河的女人》《韩国总统的中国御医》《盖世太保枪口下的中国女人》等长篇小说、报告文学、影视作品，共计五百多万字。

更让人感到不一般的是——她在身心受到伤害，心脏手术后恢复不久，就重新拿起笔，创作了二十余万字的自传体报告文学《生命的呐喊》。

这部作品以艺术的笔触、感人的形象，记述了主人公始终怀抱理想、战胜困难挫折、执着追求、不断进取的生活态度和创作历程，并通过主人公的成长经历，折射出时代的发展进步。全书贯穿了昂扬向上的精神，给读者以极大的精神激励和有益的哲理启迪。

她就是张雅文，一位极具传奇色彩的著名女作家。这部作品"既是张雅文个体生命的呐喊，也是一个中国女性历经磨难的忠贞不渝的情感史、自强不息的奋斗史"。这是一位评论家在读了这本书后给予的至高评价。他还说："读了这本书，你能够了解在艰难困苦、雨雪冰霜中如何绽放了尊严之花，你能够了解什么是美的情感、美的婚姻，体会到奋斗、求索、亲情、忠贞、守望的魅力，她将有助于我们在短暂而曲折的人生道路上，做出积极的健康的选择。"

经历一个六十年轮回的人，应该是事事留心、阅历丰富，况且是一个饱经磨难、饱受忧患的成功女性。读这样的书，无疑可以提供给人更多的思考。如果说文学追求在上个世纪后期曾经是一个神话，那么张雅文以自己的亲身经历编织了当代文学的一个奇迹。尽管不是最耀眼、最璀璨，但是她已经织就了属于自己的辉煌历程。

读《生命的呐喊》足以让人感受到生命的脆弱与坚忍，没有过不去的火焰山，没有蹚不过的河，张雅文以自己的人生践行了这一切。人生有四季，这部作品也经历了这样的时段。此书暗含季节特征，使得我们读起来春华秋实，这是一部励志与写作的指导书，读这部书很容易看出张雅文的为人为文。人生就是一部大书，有的人用一生来书写，但是墨迹未干，就已经发黄发霉，而把自己的生命押在文学上的作者的确超越了这一命题。以张雅文的年龄论，她在文学创作的道路上迎来了第二个春天。

即使与作者生活的年代和经历极不相同的我们，依然可以在书中找到一些我们久久难以忘怀的青春记忆。三江平原，那是怎样一片神奇的土地，孕育出像张雅文这样的人物。那片黑土、那群朴实的乡亲，那份恋恋不舍的乡情，在已经功成名就的张雅文看来依然是魅力十足。

在只有一户人家的小山沟，往返二十几里的求学路上，她以惊人的毅力和勇气行走在茫茫的雪海中。如果不是她的倔强，如果不是她的勇敢，她真的会被茫茫林海雪原所吞没。她能够流淌出草地，流淌出森林，一定能够越过沼泽。

童年的时光应该是幸福、快乐的，但在张雅文的记忆中，留给她的是漂泊，是苦难。生活的艰辛对于那个时代的人是一笔永远也无法清算的陈年旧账，但是那段非凡的经历无疑会对今天的人有一种迥乎寻常的价值。即使我们不能体会得很深，至少我们可以经历一番。经历是财富，是人生最宝贵的财富。

本来那是一个不错的选择，也是一个不错的结局。可是命运之神偏偏不放过对他青睐的人的磨炼。他给了她希望，也给了她失望，甚至是破灭。好在爱神之箭让她如愿以偿，终身在爱海徜徉。滑冰事业上的不顺，反倒成全了她美满的爱情和婚姻，尽管中间经历了分别，经历了苦痛的挣扎。

一个人的价值取向决定了他的追求与可能成就的梦想。一个人的性格同样是一个人命运的最佳拐点。冥冥之中早有安排，哪怕等上几十年。你可以不相信她与钱秀龄老人在前生有这个约定，但是对于她们此生仿佛都是在为了《盖世太保枪口下的中国女人》而活着，在《盖世太保枪口下的中国女人》书中和剧中曾经是两条不同的曲线相交了。

不过这两条曲线交汇得异常艰辛。

当张雅文问自己曾经是如此坚强的心，怎么会千疮百孔，不堪一击的时候，她其实还没有明白生命的真谛。如果不是《生命的呐喊》的诞生，一切还会陷入一种苦苦的追问中。值得庆幸的是，《生命的呐喊》如期降生了，而且有着如此巨大的生命力。

这一切都说明，对于自己六七年的浓缩和沉淀，终于可以从过去的辉煌与噩梦中醒来了。

这是一部关于新生的作品，作品对于人生、人性、人际都有不同寻常的思考，而最让人羡慕的是，这种思考是凭借着生活真实与艺术真实的有效结合得出来的。这部书是一部优秀的励志读物。相信随着时间的推移，它的价值会不断地被发掘。

"一次特殊的采访，却出现一个意想不到的结果。残酷的现实夺去了我虚伪的坚强，我陷入了灭顶般的绝望。人原来是如此脆弱而不堪一击！好端端的心脏，为什么会坏到如此地步？"这个真实的故事所蕴涵的内容太深刻、太丰富了，既有跌宕起伏的故事，又有深邃旷达的人性展示，甚至要比电影《辛德勒的名单》的原型更完美，更令人荡气回肠。"面对这样一个题材，有文学敏感的人绝不会放弃，可是，不是每个人都有机会遇见并且抓住。"对于一个视文学艺术为生命的作家来说，能得到这样一个得天独厚、可遇而不可求的素材，绝不亚于淘金者发现了一座金矿。"但是随之发生的问题是——"面对陌生的题材、陌生的环境，我遇到了创作以来从未遇到过的挑战。"

这挑战既有来自心灵的，也有来自未知的领域的，但是更为重要的挑战是："一个穷作家倾其家中全部，满怀信心地跑到欧洲来采访，在国内的自尊及成就感，在这里却被囊中羞涩这个现实生存问题剥得精光，就像一个剥了皮的鸡蛋光溜溜地躺在餐盘里。"这里绝没有半点的夸张。我们只要看一看她在国外怎么度过夜晚，就能明白个大概。她居住的"房间在四楼，很久没有人居住，走廊里没灯，房间里没暖气，连褥子、被子、枕头都没有，只有一张光板铁床，一扇窗户没有玻璃，钉着一张纸板，纸板钉得不严，冷风一吹啪啪直响"。

这仅仅是一些看得到想得到可以克服的困难，更大的困苦和艰辛是我们无法用语言来描述的，而正是在这样艰苦的条件下，她凭着顽强的意志和对文学创作的信念，完成了这样的著作。我们怎么能不由衷地佩服她对文学事业的那种执着精神，正是这种大无畏的献身精神和用生命捍卫理想的高洁，铸就了一个无与伦比高洁的圣杯！

2007 年 8 月 19 日

雷涛先生的艺术情怀

认识雷涛先生是四年前，我去鲁迅文学院就读，需要回陕西办理手续。在北京老师的引荐下，我到陕西作协拜访雷涛先生。

初识雷涛先生觉得他没有架子，不打官腔，为人坦荡，做事认真而雷厉风行；接触多了才知道他做人做事首先是为别人着想，很多棘手而麻烦的问题，他用智慧的思维都能妥善解决。他在陕西省作协工作十三年，扶持和帮助了很多文学青年。

他工作与写作两不误，在忙碌的岁月里忙里偷闲，创作出演讲录、散文集、评论集、书法集等大量的作品，并在2010年获得俄罗斯"伟大卫国战争胜利六十五周年纪念勋章"和"契诃夫文学奖"。他擅长书法，他的书法作品有着个性鲜明的特色，亦为人所称道。

所以，要去见一位名作家，一位省作协的书记，我内心还是有些惶恐。

进了陕西省作协大院，迎面的一块石头上用红字写着当今文坛我所敬仰的三个人的名字——陈忠实、贾平凹、雷涛，他们是陕西文坛的旗帜。雷先生的书房、工作室就在大院一侧的一座平房里，朴素而飘着墨香。

一见面，雷先生就热情地招呼我，认真询问了我的创作情况，问我老家哪里。他的和蔼可亲让我的紧张情绪一下子得到缓解。当我报出我是武功人时，他问我是谁家娃，在我报出了父亲的名字后，他眼前一亮，说：那可是我的老朋友，你父亲以前是我们的公社书记，我还去你们家吃过饭。这让我惊讶不已，原来他家离我家不过一华里，在我没出生之前雷先生就和我父亲认识，缘分早就已经在那里了。关于申请去鲁院上学的事，雷书记让我等候通知，并让我做好有可能无法圆梦的准备，说"你要好好多写文学作品，只要年轻，不怕没有机会，更不怕不能写出好作品"。我说谢谢雷书记。他答道："你是我几十年前老朋友的女儿，别喊雷书记了，叫我雷叔就可以。"这让我倍感亲切。临走，雷叔送我一本他的文学演讲录《困惑与催生》。打开书，首先读到的是陈忠实先生和贾平凹先生为他写的两篇序言，他们都对雷涛先生的文学成就给予了很高的评价。贾平凹先生在序言中写道："困惑，是作者对文学的思考；催生，是作者对文学的期盼与扶持。此书涵盖了作者 2002 年到 2012 年十年期间，在文学文化领域的轨迹、参加各种会议的演讲与发言，也有关于作者的品读，还有和作家的交流往来。其中饱含了作者对文学现象和文学作品的深入思考，对文学友人的深切关怀，文风质朴、观点鲜明、言辞犀利、思路清晰、把握到位。"读雷涛先生的演讲录，首先被他的文采和细致所吸引，他的语言富有个性，特色鲜明，丝毫没有矫揉造作，没有华而不实，真实而耐人寻味。

雷涛先生的演讲是一种正能量的传递，他的语言总是那样富有激情。聆听他的演讲是一种学习，一种享受。反复读《困惑与催生》演讲录，每次都让我仿佛身临其境。他阐述问题，喜欢做客观准确的分析，每次发言都有不同的精彩。不人云亦云，敷衍了事。语言精确有力，见解和思维独到。该书的书名来自十年前

"文学管理体制的创新"座谈会上的录音稿《文学的困惑与催生》，讲话中对陕西文学和新时期陕西文学的评价，客观、真实，他强调作家要有责任感与使命感，强调"作家要有高尚的人格、健康的情感，才能写出好作品"。这本书有他对陕西女作家创作状况给予的关注和指导，体现着他对工作的热忱，对事业的执着，对人性的理解，对作家的期望。可以感悟到陕西文学的发展和繁荣的道路上，他倾注的大量心血，所付出的很多努力。他站在作家的角度客观地分析和解决问题，很有参考价值。他的思想是有灵魂的，思维跳跃，穿透力很强，像一泓清泉，给人心灵潺潺流动的清澈。不用仰望高空，你已感受到他的厚重与文化底蕴的深厚。

一个月后我如愿上了鲁迅文学院，之后在会议上两次见到过雷叔。鲁院毕业后，我依然在北京工作，与雷叔的联系比较少。几年前，我组织了一次中国文艺家采风笔会，特意邀请了雷叔。他痛快地答应了。我请雷先生作会议主旨发言，事前没有时间给他准备，但他还是爽快地同意了。他的即席讲话赢得了满堂彩，给在场的作家们留下了深刻而难忘的印象。会后，很多作家纷纷向我要雷叔的电话，希望向他请教学习。笔会组织与会专家学者进行书法创作，七八位擅长书画的嘉宾开始了创作。雷叔一动笔，身边就围满了求字的人。原来，大家早知道雷叔不仅是有名的作家，还是实力派书法家。我们怕他累，本来打算请他写几幅意思一下就行，没想到他写了两个多小时。听说到了晚上，还有人找到房间请他写字，他没有拒绝，一一满足了大家的愿望。我作为本次活动的组织者和我们会务组的工作人员，都非常感动，大家也很心疼雷书记。

在文坛陕军，提起雷涛书记，认识他的人首先会说到他是一位真正干事的人，并夸他的文笔很棒，书法厉害。雷叔书法创作十年了，听他讲在开始工作时，没事就练练字，时间久了，找到了感觉。他擅长行草，能融会各种书体；他行笔洒脱，如行云流水般飘逸。在他的创作生涯中，文学和书法都是他生命中不可分割的一部分。

读过雷先生作品的人都会喜欢，因为他的作品首先是励志的，是有深邃思想的。他将真实的事件，通过自己的慧眼，发现美好的东西，分享出来也是为了让美继续传递和发扬光大。他的作品，读起来让人不累眼。首先是写的大事件，为单位，为工作，写个人家事的相对比较少。他用思维和灵感，将小溪汇聚成大海。

他注重文学的厚重，更在意书法的精髓与气势。我不知道是他文学的厚重增加了他的书法内涵，还是他书法的成就，增加了他文学创作的纬度。他的书法作品像一缕春风，给读者和朋友们带来了快乐和美好。但他并不以此谋财，即使有人看上雷叔的书法，如果感觉不对，出再高的价钱也不行，千金不卖。

雷叔是我敬重的一位文学艺术家，更是一位有着金子般闪光心灵的人。他不畏惧风雨，不怕一切艰难险阻，为陕西文学的发展与振兴做到竭尽全力。不管时光如何变迁，岁月如何改变，一个人精神的风貌，让心灵之光闪烁永恒。我眼里的雷叔，就是这样一位长者、智者……

2016年10月30日

我的虹云大姐

虹云大姐，好亲切的称呼。我喜欢这样称呼著名朗诵艺术家、第一代播音主持虹云老师。她高贵优雅，气度不凡。她的朗诵如行云流水，声音魅力无限。听虹云大姐的朗诵，能给人带来心灵的震撼。

今年七十二岁的虹云大姐，走起路来健步如飞，她没有被岁月催老，全身上下散发着耀眼的光辉，感觉她浑身有使不完的劲儿。听她朗诵应该有十多次了，但每一次都有不同的感受。她热爱生活，用饱满的激情演绎着自己的人生。

朗诵，是给诗歌插上翅膀飞起来。听过很多艺术家的朗诵，但我依然喜欢听虹云大姐那扣人心旋的韵律。她有着天然的好嗓子，大情怀。她的声音很有感染力，让人久久的感动。以前的认识，只是我在舞台下作听众，所以没机会交流。去年的11月，我们中国诗歌网与人民网合作，计划组织一个大型诗歌春晚活动，我是活动总策划。开始搞策划，在做好方案后，定好诗歌篇目。到了请名家的时候，我当时想请中央电视台的主持人海霞老师，可我这里没有她电话。于是我给虹云大姐打了电话，她很热情地给我发来了海霞老师的电话，还为我们操心找来了编导——艺术界著名的艺术家刘纪宏老师和中国传媒大学教授王宇红老师。我说还缺几位艺术家，她马上把雅坤老师和几位我想邀请的艺术家的电话都发给了我，并给我们想邀请的艺术家们打好了电话，让我心中万分感动，真是一位有爱心有责任心能担当的好大姐。虹云大姐问我，需要做些什么？准备什么资料？她说得如此认真。当我问到出场费时，大姐很和蔼地笑了，然后说，我一向热爱艺术事业，费用对我来说没有多大关系，一切的原则，就是要对现场的观众负责任，对诗歌负责。这让我感慨万千，好高贵的心灵。我发自内心喜欢虹云大姐，并敬佩她的为人和处事风采。久久的感动，荡漾在我心里，虽然后来因为特殊原因，活动临时取消，但通过一个多月的策划准备，和艺术家们见面沟通，我还是很受感动。虹云大姐为这次活动，全力以赴地付出，全身心地去投入，面对情况有变活动做了调整，大姐首先表示了遗憾，接着就说辛苦雪侠了，做诗歌春晚实在不容易，计划赶不上变化快。

虹云大姐完全没有任何责怪，反而很心疼地安慰我，说我很辛苦，以后还有机会。瞬间，温暖洒满了整个冬天，一股暖流涌动在心头上。我为能有这样可亲可敬可爱的好大姐感到荣幸！

虹云大姐关于艺术，有着自己独到的见解。她的真诚令人敬佩，艺术魅力让人折服。在我的眼里，大姐的每一场朗诵，都是多姿多彩。她全身心地投入到状态中，仿佛一切都是生命的璀璨。她的声音刚柔并济，自然而让人神往，让人陶醉在她的朗诵中。这是虹云大姐的人格魅力所绽放出来的光芒，这是淳朴善良美丽的大姐为诗歌插上艺术的翅膀，在蓝天翱翔。每次朗诵，现场都是雷鸣般的掌声。

艺术来源于生活而高于生活，虹云大姐的风采，让我们感受到艺术的震撼力。她有着自己的个性和思维，和蔼可亲的面容，优雅高贵的心灵，让人感动的那份闪光金子般的心灵。虹云大姐的朗诵内外兼修，声情并茂。她非常注重语言和感情的微妙处理，每次接到邀请，她都当成自己的第一次朗诵来对待，非常认真而用心地做好一切准备。去理解、去体味作品，用真情和感觉给观众最美的心声，用真心用真情表达给观众。她炉火纯青的朗诵艺术达到了至高的境界，感染了每一位观众，陶冶了大家的情操，给予人们精神和视觉美的享受。虹云大姐为听众着想，成功地塑造了舞台中自己洒脱的形象，让朗诵艺术之花绽放诗意飞扬！

虹云大姐说，朗诵是技巧，更是内心情感的表达。从分析理解作品开始入手，掌握结构和层次，体验作者的思想和作品的情感，理解作者创作时那种心情和背景。她和刘纪宏老师一起搭档朗诵的《春江花月夜》独具特色。《当你老了》《感恩母亲》《雪花的快乐》《长江之歌》《珍珠鸟》《岳母刺字》《趁父母还在》等都是虹云老师最经典的舞台朗诵作品。

虹云大姐，对艺术的热爱高于一切，她就像雍容华贵的牡丹，让人仰慕她的高贵，却又让人喜欢欣赏，喜欢靠近。和她熟悉的人都知道，虹云大姐没有架子，对朋友和蔼可亲，做事很认真，并有着自己的做人原则。

虹云大姐平时为人低调，平凡的事情在她眼里都是美好的。她的内心充满了诗情画意，能够将内心的情感化为动听的语言，声音很有穿透力。在她的饱含韵律深情的朗诵中，你能感受到春风化雨，海阔天空。虹云大姐将自己所有的热情，都倾注在她的艺术生涯里。为了一份热爱，为了自己心灵深处那份久违的感动与美好！

2016年7月15日

文字跳舞的声音
——张庆和诗集《灵笛》赏析

读张庆和诗歌，仿佛打开了一道春天的闸门，使人感受到文字跳舞的声音。诗里风景如画，如梦如幻，充满了真善美，以及人性善良和光辉的一面。描绘也好，抒情也好，写落叶和黄昏也好，总是用美的一面在展现。诗歌带给人们美好的向往，读他的诗歌，仿佛走入他所展现的一幅幅美的画面。

"让我们一起去蔑视痛苦，向导是潜伏心底的真诚"（《祷祝》），这种发自内心出自诚意的邀请，使彼此的心走得更近，向往得更高。诗人向往"绿色山谷"，即使"暂作一处栖息地"，对美好生活的描绘，对未来用文字绽放出的声音，它轻柔甘甜，总能给人丝丝的温暖和美的释放。

《灵笛》这本诗集，我读到了一个美丽如画的女孩，在诗人的人生路上驻留，虽很短暂。"怕它闯祸／怕它受伤／更怕它／被无情的冷风吹弯了脊梁／所以才把它锁进密室／任它孤独地狂舞疯唱"（《那句话》）。这个美丽的女子是诗人眼里的一道风景线，但却因为现实，因为爱情，因为对家庭和社会的责任，诗人选择了将浪漫留在心灵的最深处。"黎明／再接受一次恳求吧／再留一片夜的角落／藏我浪漫的梦"（《美丽的梦》）。落叶是黄昏，但却如此迷人！那个美丽女子，曾经就是诗人心灵深处一段创作的激情和动力。它没能开花结果，却留下一段珍贵而美好的回忆，那是诗人年轻时的一个梦，一个醒来就该忘记的梦。可是，却永远无法忘记，"从此我的梦／便耸起这样一道风景／一个忧伤的灵魂／四处漂泊"。每个人都有自己生命绽放最美的时刻，诗人的境界和思想在为这个社会传递着正能量，"临别／我送你两串晶莹的泪珠"。

张庆和的诗歌短小精悍，富有哲理。"风拧干云彩的时候／影子是否发现自己／脖子上那串闪亮的金属／其实不是项链"，一种意境美和现实美的结合，总能让人从心灵深处得到震撼。以《精短诗萃》《家事》《春事》《秋天的颜色》《秋意》《胡同五重奏》《十里小长亭》为代表的组诗，如一株株春天露出绿意的小草，如一颗颗秋天硕大的果实，把读者带入了绿意盎然的春天，秋色宜人的秋天。春天是一幅画，秋天是一首歌，不管春夏秋冬，走进张庆和的诗意世界，春天就在此为你绽放，秋天奉献出果实与芬芳。他的诗歌创作独特，展开一段段新的构思和遐想。这就是诗人心中那泓清泉清澈流淌，令人清爽。那些唤醒万物舒展身姿的诗歌，如这个季节正在风雪过后冬去春来的转换中，当你打开窗户，准备欣赏这个世界，竟然发现一夜之间春的绿意洒满人间，让人惬意窃喜美不胜收。诗人的亲情组诗，更是表达了那时的自己，对家庭对亲人每次离别时，亲情难以割舍的情怀。青山流水，春回大地。当你有一双发现美的眼睛，用它去修复心灵的忧伤，看见的将是人生的万丈光芒！诗人的想象力是如此丰富，一件平凡的小事情，在他的笔下妙趣横生起来，我们沿着这条线索挖掘开采，就会发现意外的惊喜！诗歌表达的就是一种激情，一份向往！仿佛一粒种子埋在地下，回眸间，发现已经长出了新芽!

我们都渴望生活充满迷人的味道，奇特的色彩，在张庆和的诗歌里，我们能感受到美无处不在。首先作者的善良给他的作品披上了一道绚丽的霞光，如同一场大雨过后湿润的空气，能给春笋向上的生命力，强大有力振奋人心！诗歌是一首悠扬的乐曲，回荡在心中，陶醉迷茫的双眼。

张庆和的诗歌和他的人一样淳朴，写小孙子团团的故事，更是用一个爷爷的目光记录小孙子成长的点点滴滴，给宝贝孙子的人生涂上了宝贵的色彩。他是一个父爱情结严重的人，更是一个对小孙子疼爱有加的人。写小孙子团团的诗歌和散文，记录了孩子成长中的每一个微小细节，我们能感觉到诗人对小孙子的呵护和关爱。小孙子自己的签名更是逗人喜爱，为孩子的成长记录点点滴滴如泉水叮咚，让文字在跳舞，音符和音律是那张可爱的笑脸。这些字里行间表达的何止是亲情，那是人间的大爱，那是一个作家在用自己的文字飞舞的方式，让思想的火花绽放在亲人的心田。

诗人出了多本诗集，我第一次有幸欣赏，表达的欲望催促我将感动形成文字。很多的读者也会被这样的磁力吸引。看到这样的诗让人意犹未尽，这是诗歌的伟大之处，这是诗人心灵之窗美的绽放。能读到诗人画面里的风花雪月，是一种缘分。再看一遍依然能透过文字的声音，听到诗人心灵深处美的歌唱！

"我在念你的名字／每一声都是划响的火种／点燃谁其实并无紧要／冥冥中只要你在呼唤"。让我们为诗人的激情人生和美丽境界而鼓掌，为诗人心灵深处的呐喊而点赞，呼唤在春天里我们相聚在诗人文字里，用它搭建人生的桥梁，通向我们心灵深处美的地方。让爱永恒，让诗歌温暖人心，让文字舞动起来，发出圣洁美丽的声音。透过文字感受诗人笔耕不辍，舞动的声音，飞旋的文字，再一次郑重相约："让我们／就这样守望成雕像吧／甚至千年万年"。

2013年3月16日

演讲大师李燕杰

　　如果用数字来衡量一个人的价值，排行榜是最简洁也是最有说服力的一种形式。但是下面这组数字却实实在在地表明了另外一种价值，一种关乎心灵的价值。

　　"他没想当旅行家，却去过世界上六百多个城市；他没想当诗人，却写下了三千多首诗；他没想当书法家，却为海内外的朋友书写了二万多幅作品；他没想当社会活动家，却有过七百多个社会头衔；他没想当教育家，却与朋友们共同创办了一所大学(北京自修大学，中国第一所民办大学，1984年邓小平亲笔题写校名)，招收了三十多万名学生；他没想当藏书家，却收藏了三万五千册书。他是个演讲家，在'地球村'演讲超过四千场；当然，他还是个著作家，编写了上千万字的书稿。"每一个数字都饱含着希望与汗水，他的《塑造美的心灵》等演讲集发行超过一千万册，媒体读者、磁带学员、收音机听众过亿；现场聆听他演讲的不下四百万人；他收到的信超过十五万封，其中回信万余封；他亲自接待青年人上万人次……青年人叫他"铸魂之师"，家长称他"良师益友"，教育界称他为"教育艺术家"，中央领导称他为"巡回大使"。

　　他就是名满天下的铸魂大师李燕杰。尽管任何加给他的称谓都显得无足轻重，任何溢美之词都显得枯燥乏味，但是我们还是想寻找最合适的称谓来称呼他，尤其是找寻他成功的轨迹，探究他是如何构筑自己的知识体系与人生价值的。

他说过，自己最喜欢别人称呼他"燕杰老师"，这也许是他一贯教书育人所保持的谦逊。

1982年，李燕杰参加中央代表团访问美国、加拿大，慰问中国留学生。他先后到过美国48个城市，80余所大学，随后又有长达55天的欧洲之行。每到一个地方，他都有不同寻常的演讲。这时，他提出的"六个根本"，即爱国是理想之本，正直是做人之本，勤奋是成功之本，改革是前进之本和坚贞是爱情之本，结合博大精深的中华文化把德育寓于智育和美育之中。

同时，燕杰老师结合中央提出的"五讲四美"思想主题，使演讲代表团在全国遍地开花。一时间，李燕杰的名字家喻户晓，李燕杰的话语到处传扬。

燕杰老师，是一个永远不知劳苦和满足的人。一件在常人看来极其艰难的事情，创办一份专门研究和传播教育艺术的杂志，燕杰老师以壮士断臂的豪迈气度对同事说："生如逆风船，誓死不落帆。"1990年1月，伴随着漫天飘舞的瑞雪，第一期散发着油墨芬芳的《艺术教育》杂志诞生了。

18年后，当燕杰老师再向我们讲述那段艰苦的经历时，已经把艰辛换成了耐人咀嚼的槟榔。那时读者还不知道有这么一份杂志，燕杰老师就自己推着自行车叫卖。有一次图书发行会，他们的杂志社根本没有租摊位，燕杰老师在一个角落里从地上捡起别人写错的纸，只写了"李燕杰"三个字。没想到，这三个字居然神奇地把很多人的目光和脚步都吸引过来了。主办方的工作人员不但没有阻止燕杰老师的举动，还帮忙维持秩序。燕杰老师对自己的这次得意之举，忍不住笑了。他站起来，双手举起一本杂志，再一次叫卖了起来。

人们很疑惑，像他这样的大名人怎么会叫卖起杂志来了？今天，我也很疑惑，燕杰老师哪里来的勇气？也许正如他所说，对于自己的铸魂事业："我有一种责任感、使命感、危机感和紧迫感，把伟大的教育艺术传给每一位教育工作者，使祖国教育工作有一个腾飞。"

燕杰老师真的在努力践行着先哲们的圣训，他能做到"语惊四座，感人至深"。他说：作家把文字写在纸上，让读者读；演讲家，让躺在纸上的字站起来，走向听众。山有起伏，水有波澜，演讲也如此。演讲一上台就要目中无人，心中有数，要有自信力和创造力。一个没有创造力，又无自信力的人，单凭表演能取胜？天下绝无此事，天下绝无此理。

那么一个身患绝症的八旬老人，对人生最刻骨铭心的感悟是什么呢？他出生在一个典型的知识分子家庭。他的父亲是中国历史上首届研究生，在清华大学受教于梁启超、王国维、陈寅恪、赵元任等大师；他的母亲是北平女子文理学院的大学生，而且是一个虔诚的基督徒。受父亲的影响，他立下博学之志；受母亲的影响，他有博爱之心。

所谓有艰而无苦，李燕杰六岁卖报纸，九岁当小工，十四岁到工厂当学徒工，十六七岁又到农村开荒，继而又到医院当实习生……这段经历几乎就如同高尔基在《童年》《我的大学》中所叙述的遭遇。这些对他来说都是一种经历，一种人生的积累，所以受苦而不觉苦，形成他早年有艰而无苦的心态。

特别是他用夜晚时间编写了《毛主席诗词详注》《鲁迅诗注》，在社会上产生了良好影响，他也从中得到锻炼、学习与提高。进而，由于他能全面分析形势，既不随波逐流，又不莽撞行事，审时度势、持盈保泰、顺天应人、化险为夷，所以能做到有困而无惑。他懂得了：涉江湖者，知波涛之汹涌；登山岳者，知蹊径之崎岖。

何谓有病而无痛？最近几年，他从一个健康老人变成绝症患者，病中他一直保持平和心态，所谓"既来之，则安之"，永远保持乐观态度，战胜疾病，挑战极限，做一个抗癌英雄，即可有病而无痛。

所谓有疲而无倦。"烈士暮年，壮心不已。"燕杰老师虽已到了晚年又在病中，但能保持一种宁静的积极向上心态，并能不断学习积极工作，"博学而无穷，笃行而不倦"，每天能带病工作十几小时而不知疲倦。当看到每天的成果时，不仅有一种晚年成就感，而且乐亦在其中，形成一种独特的晚年人生的享受。

这就是演讲大师——李燕杰老师，可谓"一人之辩重于九鼎之宝，三寸之舌强于百万之师"。

2007年5月19日

玫瑰花开的声音

——读张富英诗集《玫瑰之约》

读诗歌集《玫瑰之约》，我们可以感受到作者张富英有着一颗浪漫温情的心。他的诗歌语言里充满了对过去岁月的回忆，和对未来的期待。可以看出作者是一位有深深怀旧情结的人，也是重感情讲义气的人。读他的诗歌如看到他那颗纯真的心，那腔浪漫的情，似甘泉的真挚与纯美。玫瑰之约，虽然没有等到相约的人，但依然让玫瑰的迷人清香带给读者以美好和感悟。走进小树林，作者在丛林中期待一份美好和心灵的航船靠近自己，让自己有个心灵的歇息港湾。作者将自己曾经的苦难和美好用诗歌的形式展现给读者，更将过去那些难忘和不能抹去的色彩进行了梳理，让其生动活泼，有生命力，有洒满人间美好的情怀在吟诵！

他的诗歌通俗易懂，看了能让人感受到一张张展开的画面在脑海里盘旋。他不是诗人却写了几本诗歌集，不是浪漫的人却用浪漫抒写了真善美！所以他依然是个浪漫而豪爽的诗人。虽然作者经历人生的种种磨难，但是他用自己的执着和韧劲迎风雨，阻挡住一切艰难险阻，赢得了自己心灵花开的春天！

这本诗歌集让人感受到岁月的变迁，和对亲情的向往与怀念。母亲在他七个月时就离他而去，父亲将他拉扯长大。他刚刚成人，父亲又离他而去。在这样一个缺少亲情的环境里，他很在意母爱，也可以说将自己的母爱情结深深倾注到亲人身上。他是一个好丈夫，一个好父亲。诗歌里对亲情的描写，渲染着自己对刻骨铭心亲情的珍惜与渴望。作者将自己在人生路上遇到的迷茫、困惑、彷徨划分了几个小阶段，用自己的标尺将过去、现在、未来做了心灵的回顾与展望。

《玫瑰之约》是作者对爱情的向往，对浪漫的追求，更是对人生充满了无限憧憬的描绘。一首首小诗在作者的笔下如花草树木，在一夜之间绿意洒满了神州大地。诗人看到了那幅自己对未来蓝图的憧憬与美好的绽放。缺少父爱母爱的自己，更加对生命充满了敬畏与尊重，更加对亲情倾注了渴盼与珍惜。对母亲的伟大和对妻子作为母亲的神圣更是歌颂有加。在作者眼里，所有母亲都是最伟大的人，因此在自己妻子怀孕和生孩子期间，作者是世界上合格的、令人满意的丈夫和父亲。他做到了为迎接新生命而奉献自己，竭尽全力，因为他懂得和珍惜这份爱，这份亲情和缘分。作者经历的磨难与痛苦正如一所苦难大学，成就了今天的自己。

张富英的人生充满了传奇色彩，从老家一步步走向省城、京城。又一步步跟着感觉走，走向自己的梦自己的事业和人生的辉煌。他会给自己的未来做个理性的规划与定位。也许因为曾经是多年的老师，或者因为是地理老师，他总会将人生的十字路口，如画地图一样标注好红绿灯和方向牌，不让自己迷失在迷茫和遥远的视线里。他是用地图规划好走属于自己的路，正确而没有阻难的人生坦途。初识作者你会发现他看着严肃仿佛不太与人接近，但要真正走进他的心灵，你会发现他是一缕清晨的阳光、热情、真挚，充满了友好与温暖。他不会轻易去赞扬你立竿见影所做的成绩，他会记得你的智慧和所作所为。在他心里朋友们在一起，只要缘分到什么都可以。思想里山东大汉的那种豪迈涌上心头。他喜欢自己做菜给朋友吃，更是愿意将自己一流的厨艺与友人分享。这是兄弟情分，这是珍贵友谊，在他眼里这就是做人的乐趣。

《感念父亲》主要用怀念和睹物思人的形式记录了父亲的高大身影。在作者眼里没来得及多去孝敬父亲，父亲就离开了他，但父亲的音容笑貌和为家庭所付出的一切，历历在目，更是给自己的人生树立了良好的榜样。父亲潜移默化的影响让自己受益一生。作者曾经讲过，一个女人，重要的不是相貌而是善良，一个男人的标准是敢承担。自己就是一个好父亲，敢承担，敢为家庭和孩子扛起一切艰难险阻。父亲、大姐、家、友人，作者将这些亲情串联起来用自己细腻的心灵，歌颂那些曾经关爱自己帮助过自己的亲人们。

他眼里的真善美是大爱，他眼里的敢承担是豪迈。他心细如发，但也粗犷豪爽，他不愿意看到忧伤和无情的一面。所以他的诗歌，始终是一幅蓝图缩影在绽放。与朋友的聚会和满腔热情的畅所欲言，是醉着的自己如梦却又醒着如醉。毕业寄语、作者的豪言壮语都是发自内心的真挚情感和呼唤，他那时候还是个懵懵懂懂的孩子，不懂得人世间的琐碎与忐忑。心里装的是期待和梦想，向往自己如一匹骏马，奔腾不息马到成功。

张富英的人生独特神奇，独特是因为他有着与众不同的思想和智慧，神奇是他的成功，一切都是靠自己白手起家创造奇迹。这些年一路走来，作者经历了犹如西天取经般的九九八十一难，难难惊险但步步为营。在他的经历和阅历中，作者是思想和智慧强大的人，他能在没有星星的夜晚看到自己闪光的明天。能在漫漫人生路上追赶、拼搏的人很多，但张富英是个特例。他想法新颖，做事个性鲜明，有原则。一般情况下他总是会想到将最好的东西留给自己的朋友，自己无所谓。他有着前瞻思想，总能出奇制胜地在黑夜里找到萤火虫的指引与光明。看到满天繁星，看到月亮升空，他会突发奇想有创作欲望，来到自己的书房挥毫泼墨一番。他是一个从基层走过来的人，感念生命感念朋友，感念每一个对他曾经有过或多或少帮助的人。所以他也将这种热能传递。这是善良的根本，这是真诚的所在，这是一个男人宽阔的胸怀和开阔的视野，能容万物，能洒春雨，带来绿意柔和。风停了雨还在滴答，水清了花儿依然在怒放。

张富英的诗集是一本有牵引力的书，《玫瑰之约》约在浪漫的老地方，那是梦里向往爱的海阔天空。在文学的道路上，他是一个爱心传递和播撒甘甜给春雨的人。感谢缘分、感谢友谊、感谢生命，让我们与文学有约，让我们推开心灵之门，感觉阳光的温暖和春意的盎然。花开为你，芬芳留在你心里。梦想的舞台谁都有机会，只是看你是否去珍惜去努力。《玫瑰之约》首先是取了个好名字，其次是为名字添加了量身定做的服饰，让文字更活跃，有着水滴石穿掷地有声的磁力。《玫瑰之约》是梦幻是浪漫，让我们走进《玫瑰之约》，回想和怀念曾经的我们和曾经的爱情，同时也畅想自己的人生，放飞思想去瞭望心灵的草原、蓝天，感受白鸽的歌唱。

张开双臂会拥抱蓝天，展开思想闻到玫瑰花满屋芬芳。这道心灵的光芒是理想与梦想的展翅，是美好与浪漫的花开，绽放在春天里。不是玫瑰不肯绽放是因为她没到花期，没等到真正有约的人来相聚。今天玫瑰约了常青藤来畅谈，那是诗人与浪漫对话，让诗人灵感大发，浪漫遍地发芽，开出了美丽的花，金秋收获硕果。

　　你要悄然而至，那是陶醉的琴声，独奏一曲高山流水，我与玫瑰有约！

2012 年 3 月 17 日

歌唱生命最美的音符

——陈田贵歌词赏析

音乐是心灵盛开的花朵，让人在迷茫中看到希望，让人在困惑时感受到阳光。一首好的歌词更是振奋人心，让人励志奋发，勇往直前，积极向上。美是大地的声音，听音乐缓解情绪给心灵带来生命的源泉。一首悠扬的乐曲，一首动人的歌谣，给心灵疗伤，给失落中的人照亮前进的方向。音乐是追梦人的梦想之花，是一曲高山流水，是夏日里的雨丝飞扬，是生命最美的歌唱与礼赞！

陈田贵，笔名丰谷，甘肃武山人。现任甘肃省委副秘书长，办公厅主任，中国作协会员、中华诗词学会会员、中华当代文学学会会员、甘肃省书协会员。主要著作有《花刺集》《联苑撷英》《雅兴清趣联语精华》《渭水新韵》《行思草笺》《吟踪寄笺》等。诗词书法多次在《人民日报》《光明报》《作家报》《文汇报》（香港）《人民文学》《中华诗词》《诗词世界》等报刊发表。近年来，他创作了大量歌颂伟大祖国、歌颂新时代和歌颂家乡的歌词，经谱曲广为传唱，有近百首代表作，如《中国梦》《阳光曲》《陇原情》《绚丽甘肃》等。

认识陈田贵，是在几年前他的作品研讨会上。他擅长写古诗词，也写了很多歌词。歌唱祖国，歌唱家乡这些歌词，是他认为满意的作品。在《阳光曲》里尽情歌唱，在《绚丽甘肃》放飞梦想，在《同心共筑中国梦》里，甘肃人的情怀展现得淋漓尽致，倾听《甘肃恋曲》中美的传递，看那《海峡情韵》，我们要《常记别人的好》。在《古河州酒歌》里尽情挥洒，共同《祈福祝祥》羊年吉祥，《慈善功德会会歌》用爱心点燃生命的希望，用善行托起明天的太阳。《武山颂歌》传递着祖先文脉，展示着历史的襟怀，古老的土地，焕发蓬勃向上的动力，神奇的武山，走向美好幸福充满希望的未来。《九粮琼液歌》，九粮琼液甲天下，饮誉神州亿万家，喜庆功兴致好，结亲交友气氛佳。《祝酒歌》痛饮三江不觉醉，共话丰收纵情笑，贴心话儿记得牢，不畏艰险，何惧辛劳，铸造辉煌看今朝。《难忘故乡甘肃》，难忘渭河戏耍打水仗，常想妈妈做的葱油饼，常想爸爸送我上学堂。

美丽的甘肃，生我养我的地方，可爱的甘肃，终生难忘的故乡，我把你永远铭记在心房，祝福父老乡亲幸福吉祥。你的笑颜美丽依旧，《东方微笑》，是最美的笑容绽放；《相约在四季》，如春的画面在春风的吹拂下柳树笑弯了腰；《裕固人》性情豪爽，《裕固汉子》那是不屈的脊梁，豪迈的歌声在秋风里荡漾。那是《真情颂》不朽的传说。古老的丝绸之路，万世永存的是忠贞善良。人文景观纷呈异彩，地方风味十分精彩，谁人不知晓牛肉拉面，哪个不想吃手抓羊排？美味佳肴令你迫不及待，古老土地焕发光彩，火热生活令你激情澎湃。《送老兵》铁打的营盘流水的兵，又一批战友要离开军营。军人的天职是服从命令，军旗永远飘荡在心中。《平凡梦想》能够读书学文化，学好本领咱走天下。《梦里小河》那是电影里的歌谣，从高山流来从川原流过，她总是唱着淳朴的歌。催生出婀娜多姿的花朵，总是奔流不息唱着善良的歌。《扶正之歌》谱写医药创新篇章，治病救人大爱无疆，让生命之花多姿多彩。《绚丽甘肃》风情无限，历史文化灿烂，自然风光秀美。民族风情浪漫温馨，绚丽甘肃，红色胜景辉煌无比。

读陈田贵的歌词，"歌唱祖国，歌唱家乡"。首先被字里行间流露出的真情所打动，被文字跳舞的声音所吸引。他的语言淳朴，充满对家乡的热爱和激情，对祖国的热爱和歌颂。他什么事情都会为朋友想得周全，因此他的好人缘也是被大家所公认的，与他交往你能感受到友情的浇灌和亲情的温暖。陈田贵的为人为文都是值得尊敬的，他的文字和他的人一样有厚重感，文化底蕴深厚。他的文字是会唱歌的花朵，处处盛开在如春的季节里。他的歌词，没有矫揉造作，体现着正能量和他的智慧。他用歌词表达着自己多年来对文学的痴迷、热爱和笔耕不辍的奉献精神。陈田贵平时公务繁忙，但他在夜深人静的时候，总是能沉下心来写点自己喜欢的文字并陶醉其中。经常在深夜十一二点甚至更晚，还能看到他在朋友圈更新的微信，他的微信经常被朋友们多次转发分享，因为他分享的都是有价值有意思大家喜欢的内容。

见到陈田贵感觉文如其人，他的文字带着那份对人的真诚和善意，给你内心带来惬意和凉爽。歌唱家都感受到他歌词的力量，唱出来的旋律更是激荡人心，让人回味无穷。听了陈田贵的歌曲，感受到不一样的旋律不一样的情怀，歌词写得荡气回肠，豪气冲天。在歌唱家的演绎下，人们享受到音乐的唯美和带给内心的喜悦之情。聆听陈田贵写的音乐作品，我又一次被感动，在感动之中，敲起了键盘，将我内心深处的感慨表达出来。有希望是幸福的，他的文字都是激情昂扬的，励志疗伤的，让人看到的是满满的自信和对美好未来的憧憬。

"歌唱祖国，歌唱家乡"，这是一组诗人发自内心的真实呐喊。他从自己的视野，为祖国送上美好的祝愿。用自己的心声，期盼祖国的明天更美好，父老乡亲的日子越过越红火。诗人作为甘肃人，深情热恋着家乡的这片土地，被父老乡亲的勤劳和善良所感动，他的内心充满了作为甘肃人的骄傲和自豪。他用自己独特的语言，把这种刻骨铭心的情怀抒发在笔端，歌颂故乡的那山那水及那里勤劳善良的人们。诗人有一颗慈善的心，他的面容和蔼可亲，像一尊大佛。他只记得别人对他的帮助，滴水之恩当以涌泉相报。而对自己的付出，从不求回报。多年来只问耕耘不问收获，收获的却是整个春天的美好。

陈田贵古诗词写得酣畅淋漓，对语言的把握惟妙惟肖。诗人的内心洒满了阳光，他的《阳光曲》如春雨让大地得到了滋润。陈田贵性格温文尔雅，说话办事有条不紊，做事细致注重细节，什么事情在他这里都变得完美。他今天赢得的喜人成绩不光来自他的勤劳善良和努力，更来自他有着金子般闪光的心。他为人耿直，做事认真，耐心细致地做好每一件事。和他交往，你会觉得没有压力，他和蔼可亲的面孔更是让人觉得如沐春风，舒适而温暖。

他的谦虚做事和低调做人，让人心生敬畏。陈田贵用自己心灵深处的声音，解读着内心对文学的万千感慨，他将这些歌词写得洒脱而飘逸，带给人内心一个清凉的世界。在这个浮躁的社会，这是一种正能量的弘扬，内心的花朵芬芳而浪漫，清新而靓丽。欣赏这样的歌词，听着这样的旋律，如陶醉在蓝天白云下沐浴着春风，享受着阳光、沙滩、大海的情怀。这组歌词，特色鲜明，语言的把握也很到位。在诗人的内心，故乡处处是风景。故乡的人是如此可亲，故乡的水是如此甘甜。孝敬父母让人会坦然面对生活，体会到春天在心里。父母给了我们生命，养育之恩刻骨铭心。故乡的山好水好人更好，心灵闪光的人脑海里处处都是风景无限，在他的作品里，我看到了四季如春的花团锦簇，美如夏花的相约。一颗飞跃的心在跳荡着美丽的音符，这是诗人的人格魅力和风采给予作品最美的演绎。

喜欢歌唱的人，是热爱生活的人，诗人的内心有着火热的情怀，才会写出这么多脍炙人口的歌词。在这样的感觉中陶醉，感受春风的洗礼，感受大爱无疆的浩然正气。一首好听的歌让人难忘怀，一首好的歌词更可励志人生。

为诗人的心灵之声而鼓掌，为诗人将美与大家分享而点赞。这是生命最美的恩赐！歌唱美好未来，歌唱美好明天，让我们一起来"歌唱祖国，歌唱家乡"！歌唱生命最美的音符！

2009 年 8 月 20 日

我眼里的赵智

赵智与冰峰，熟悉的朋友都知道是同一个人。他热爱文学，是一个有文学情怀的人，也是真正干事的人。他的为人为文，都值得朋友们赞赏。因此，他的好人缘和做人做事的风采，也赢得了事业的风生水起。陶醉在诗歌与梦幻中，他也是跟着感觉走的人，为人耿直慷慨仗义，做事认真洒脱有豪情。人的一生，最大的快乐就是做自己喜欢的事情，他将自己的满腔热血与豪情万丈，都投入到自己喜欢和热衷的文学事业中。

与赵智认识有几年了。一段时间不见他你会突然发现他的大手笔，做的都是让你意外和与众不同的事。他的脑海中不断浮现出各种各样的构想，他想构建一个文化人的部落，一个文化人聚集、交流、休闲、聊天的"家"，一个能让影视界、书画界、文学界等各路大咖相识、相交并共同做事的场所。他在不遗余力地做着这样的事情，创造着这样一个世外桃源般的"仙境"。他是敢想敢做，也是能将想法很快落地，立即付诸行动的人。在北京朝阳公园的东南角，通过自己两年的努力，他把草原部落打造成一个文化实力品牌。草原文化部落里举办讲座、论坛、研讨、朗诵等各种活动和会议，成了真正的各种活动和研讨会的根据地。玛拉沁夫、吉狄马加、高洪波、屠岸、西川、吴思敬、张清华等文学界名流，胡占凡、高峰、陈宏、郑子、陆树铭、臧金生、祝延平、阚卫平、于月仙、赵保乐等影视界领导和名家，殷之光、虹云、雅坤、乔榛、任志宏、崔志刚等播音主持大家，赵长青、张旭光、赵学敏、胡忠、赵广发、白景峰、郭志鸿等书画界领导和名家……他们，让草原文化部落的文化气氛越来越浓郁，越来越芳香。

他热爱文学，并做过很多与文化有关的事情，他创办的"作家网"已经上线十五六年，不仅成功注册了与作家网关联的各类商标，还成立了"作家网（北京）网络科技有限公司"。可以说，在文学类网站中，"作家网"是最早注册并拥有商标权的网站。

冰峰是赵智的笔名，有的读者只知道冰峰，有的朋友只知道赵智，知道冰峰就是赵智、赵智就是冰峰的往往是与他走得比较近、交往比较多的朋友。到底知道冰峰的多，还是知道赵智的多，我也说不清楚。

20世纪90年代，赵智在内蒙古包头时，就创作、经商两不误。他是包头市作家协会副主席，他写诗歌、散文、小说、评论等。多年来笔耕不辍，文学作品在《人民文学》《人民日报》《诗刊》《词刊》《随笔》都有发表，还代表内蒙古作家参加了全国青年作家创作会议。赵智在北京鲁迅文学院学习时，担任班里的党支部书记，主编了学员作品集《花开的声音》。同年冬天，他进入了《人民文学》杂志社，担任事业发展部副主任兼诗歌编辑。

2008年北京奥运会，赵智抓住中华民族百年期盼变成现实的大好时机，趁世界的目光聚焦中国，他与时任中国书法家协会党组成员、副秘书长的张旭光及刘连山等朋友果断地策划了"中国千名书家精品走进奥运场馆志愿活动"，这一活动得到了中宣部、北京市奥组委、中国文联、中国书法家协会、各奥运场馆领导的高度重视和全国各省、市书法家的大力响应。全国著名书法家沈鹏、欧阳中石、李铎、刘艺、张海等均无偿提供巨幅佳作，全国三十多个省市书协纷纷组织书法家创作，共征集到千名书法家的千件书法精品。2008年7月6日，"中国千名书家精品走进奥运场馆志愿活动"捐赠仪式在鸟巢体育场馆隆重举行，这一活动是鸟巢启用之前的首场活动，已经成为中国书法史上，乃至中国文化史上浓墨重彩的一笔。活动结束，时任北京奥组委主席的刘淇和国际奥委会主席雅克·罗格还向主办单位之一中国书法家协会发来感谢信，肯定了活动的意义并祝贺取得的成功。

也许他找到了自己做事想要的感觉，随后与书法界的合作，并不是赵智进军文化界的全部，他的兴趣还扩展到了摄影界。2011年3月，由赵智担任总策划的"中国国际摄影双年展"新闻发布会在北京举行。作为这次双年展的总策划，赵智强调，我们要通过征集、策展的方式，挖掘、收集大批有价值的摄影作品，并且推广展示给人们，把生活的记忆、审美的感悟留给这个世界。

据了解，由赵智担任总策划的"中国国际摄影双年展"是他与好友李树峰一起发起的。李树峰是中国摄影家协会副主席，曾经担任过中国摄影家协会理论部主任、《中国摄影家》杂志主编、中国摄影艺术研究所所长等职务，是摄影界的理论权威。

2010年，赵智策划了"全国高校文学作品征集、评奖、出版活动"，而且与赞助单位包商银行一次就签了十年合同。换句话说，这个活动至少将持续十年。这是一次文学作品走进大学校园的活动，一次全国性的大活动，该活动目前已经成功举办七届，来稿总量达四十多万件（篇），一千二百多位同学获奖，其覆盖面之广，规模之大，实属空前。在中国现代文学馆、北京大学、北京师范大学、草原文化部落等场地举办的颁奖会上，前来领奖的各地同学热泪盈眶，场面十分感人。也许，有些人还没有真正认识到这个活动的分量与意义，但当这个活动一年年办下去，办成品牌时，当那些获奖作者中的佼佼者走向文坛，在文坛脱颖而出时，当一年年的获奖作品汇编成书，累积成沉甸甸的文化积淀时，活动的意义就凸现了。其主题的诠释"十年文化战略工程，打造高校文学巨史"也就一目了然。就当下文学界的各类评奖而言，基本上锦上添花居多，评出的作者是已成名的大家，而赵智关注的，则是文学的幼苗，是文学未来的希望。

2011年5月，赵智又成功地策划了"中国书法音乐会"，在世界音乐之都奥地利维也纳霍夫堡皇宫举行。要知道这次音乐会是受奥地利维也纳市政府邀请，并得到中国国家文化部批准，是庆祝中奥建交40周年"中国年"活动的重要项目。这次演出活动由奥中文化交流协会、中国书法家协会艺术发展中心、中央数字电视书画频道、奥中友协、中国歌剧舞剧院、中国文联音像出版公司、作家网等单位主办。

2012年赵智又借伦敦奥运会的大好时机，策划了"2012伦敦奥运中国书法音乐会"，2012年8月在伦敦萨德勒斯威尔士舞剧院隆重上演，来自伦敦的各界观众一千五百余人观看了演出。中国驻英大使馆文化参赞吴逊观看了演出，并代表中国体育健儿接受书法家李斌权赠送现场创作的书法作品《沁园春·雪》，表达艺术家对中国奥运健儿的祝贺和祝福。这一活动取得了巨大成功。新华网、人民网、国务院新闻办网站、中国经济网、中央网络电视台、凤凰网、新浪网等媒体进行了相关报道。

赵智的策划再次成功，并且从国内走向国际。十几年来，他的足迹遍布世界各地，包括欧洲、北美洲、南美洲、大洋洲的许多国家和东南亚的很多国家和地区。他在柏林、悉尼、巴塞罗那、墨尔本及美国波士顿等地发表主题演讲。在秘鲁举办的第34届世界诗人大会闭幕式上,赵智被授予美国世界文化艺术学院文学荣誉博士学位。在澳大利亚参加活动时,赵智还被澳大利亚华人团体联合会聘为荣誉会长。参加诸多国际性活动,让赵智的视野更为开阔,策划的活动也更具有高端性、前瞻性和国际性。

赵智策划的活动还有很多,比如在维也纳金色大厅上演的"2010维也纳金色大厅新春音乐会",连续几年的"兰亭雅韵——北兰亭上巳雅集电视晚会",水立方演出的大型水景秀《水上红楼梦》等,赵智也是主要策划人员和主创人员之一。中央提出"京津冀一体化"之后,赵智策划、组织的"京津冀诗歌联盟"于2015年9月19日正式成立。在赵智等人的推动下,由作家网和中央新影集团共同发起的中国微小说与微电影创作联盟于2015年7月3日正式成立。这些活动,也都在不同领域具有积极意义,同时也体现了赵智在人际关系、资源调度、创造创新、操控实施等方面所具有的强大能力。

赵智在包头的时候,曾创办过一张市场化的报纸《与你同行》。包头发生的大事,第一时间就可以在《与你同行》上看到。上个世纪90年代初,以报道社会新闻、为老百姓服务为主要内容的报纸在全国还可谓凤毛麟角。赵智在较为偏僻的包头创办这样的报纸,具有独具慧眼的创新能力。

在微型小说领域,赵智很早就创办了《微型小说》杂志,并从2003年起开始主编漓江出版社出版的年度选本《中国年度微型小说》,几年前,他又担任了现代出版社微型小说年度选本主编,方正出版社微型小说年度选本的主编。近年来,他还主编过《21世纪中国当代文学书库·一片落叶》(微型小说卷,英文版,外文出版社）、《中国舞蹈家大辞典》（中国文联出版社出版，冰峰与中国舞蹈家协会主席冯双白共同主编）等数十本图书。在中国电视艺术家协会、中央新影集团等单位主办的亚洲微电影艺术节上，赵智连续几年被评为金海棠奖"十佳制片人"。目前，他已经出版《与生活对话》（散文随笔集）、《晴空万里》（长篇报告文学）、《温柔都市》（小说集）、《蓝色的雨季》（散文诗集）、《红色鸟影》（诗歌集）、《出门看山》（诗歌集）等个人文学作品集，主编各类文学图书近百部。赵智于20世纪90年代创作的杂文《嘴的种类与功能》，不仅发表于当时的《随笔》杂志，还入编《大学语文》（北京师范大学版），并被列为精读课文。这些工作和收获，对提升赵智的文化修养、融合文化资源、开拓视野，具有积极的作用。

赵智用他的满腔热情，将各种文学文化资源进行整合，做了很多有价值有意义的事情。关于文学，他有很多感慨，也有很多无奈。因为文学是他的一个梦，一生永无止境的梦。无奈于自己要忙的事太多，每天要处理好各种事情，累并快乐着。因为一份热爱，一切都将变得更加美好！

他的职务名目繁多，主要有作家网总编、书画新闻网总编、亚洲微电影学院客座教授、中国微小说与微电影创作联盟常务副主席、京津冀诗歌联盟常务副主席、澳大利亚华人团体联合会荣誉会长、世界诗人大会中国办事处副主任、北京包头商会副会长、北京内蒙古文化企业商会副会长、北京草原文化部落董事长、北京神州书媒国际广告有限公司董事长，等等。中国新春音乐会奥地利（金色大厅）总策划兼总导演，全国高校文学作品征集、评奖、出版活动总策划、组委会主任兼《中国高校文学作品排行榜》主编，中国千名书家精品走进奥运场馆志愿活动总策划，中国千名书家写经书法大展活动总策划等。这些活动的成功举办，足以说明赵智在策划活动中所涉及的领域之广、人气之旺，也足可以感知赵智的人脉和资源整合能力。我们期待着赵智在策划和组织活动方面给我们带来新的惊喜，同时也祝福赵智的各项事业前景广阔，未来美好！

平凡的作家，喜欢文字的人，能够将自己一生所爱，做出了如此多并让人刮目相看的贡献，实在是难能可贵。

文学依然神圣，作家的内心依然热血沸腾。让我们用真善美来面对这个社会，让我们用作家的责任与使命来写出更多更好的作品。祝福赵智和他的文学事业，也祝福草原文化部落能够在文学的领域，开拓一片新天地，走出一片新的艳阳天！

2017年6月22日

李学和他的追梦人生

爱情是对人生美好的向往，也是神圣而美丽的神话。在相爱的人眼里，一切事物都是美好的。所有的艺术起源都是情感的纽带，爱情是一切美的动力和源泉。

李学在青春萌动的时期，遇到了自己心仪的姑娘，并在心里感受到对方的含情脉脉，这个完美女孩给了他人生的改变和动力，痴迷而神话的色彩，甜蜜而温馨的梦幻。于是，在多年之后，忆青春年华，回想曾经的浪漫人生，用真挚温馨的感觉，诉说着自己未了的情缘，演绎着在青春少年时害羞而不敢表达的情感。作品语言情真意切，思想纯洁干净，内心丰富多彩，所以李学将自己的小说叫作《追梦》。

梦是香甜的，是难忘而美好的回忆，在青春记忆的岁月里，将自己曾经心爱的女孩，当作自己的女神。多年之后，他们偶然相遇。他心里彷徨忐忑不安，因为据他所知，"这个女孩已经是孩子的妈妈，是别的男人的女人，他不希望自己的出现打乱她平静安逸的生活。也不希望因为自己的一见倾心让女孩心里有负担"。由此可以看到李学那颗善良的心，温情的梦和真挚的情感宣泄，都是人性闪光。面对这样的心境，他愿意用叙事情感表达的方式，将自己懵懵懂懂的甜美与温馨交织出一首动人的交响乐！那是一个真情男孩的表白与诉说，如蓝天上的白云。他有赤子情怀，喜欢她，就祝愿她幸福吧。

李学"不愿任何人为自己难过而悲伤，尽量躲得远远的，别让他发现自己的存在。只是默默地注视着眼前这个曾经让自己心动，而内心充满惊喜和情感的美丽女孩禹如。有人说她是'高傲的女生'。只有他明白她不但是女生，而且是最美的化身。这个女孩让他回到过去的岁月，她就是自己曾经内心最柔弱的心房，是自己儿时的一个梦想，是那风花雪月里的浪漫，是自己的追梦人生中的一串串幸福的脚印……"

认识禹如是浪漫的故事。李学娓娓道来梦中那个完美女孩，她的身影，她的甜甜微笑，言谈举止间那种女孩的羞涩与优雅，都令他心动神往。"她是那么的文静与乖巧。她始终保持着那颗善良而纯洁的心，不受世俗的影响，别人更不可能用金钱来诱惑她来博得她的会心一笑。"因为她的高傲，因为她的与众不同，让他内心更加喜爱和珍惜。这个让李学心仪的"女孩子脸上总是浮现出两个圆圆的酒窝"。"那会儿还太小，是小学五六年级，是天真烂漫的感觉，没有目的，只知道这个女孩子值得我去尊敬，值得我去疼爱和保护。童年的爱是天真纯洁的，然而却不是十分简单的，一个招呼一个微笑，就是心声。"

"然而生活是现实的也是残酷的，我的希望落空了，美好的岁月和我告别了。我像一只孤雁飞到了南方，在深山老林里挖煤，炼焦炭，从此与我父母、亲人及同学们都隔绝了。"李学目前所从事的事业，就因为这个梦中的美丽女孩而发生了巨大改变。爱情成为他的奋斗原动力，"为了能见到我日思夜想的她，为了能配得上我的梦中女孩，哪怕有朝一日为此而病垮，我都心甘情愿"。在苦役和折磨中，李学向绘画和艺术进军，没老师指导，只能自己苦练；没有纸张，只能捡别人丢弃的空烟盒和旧报纸。一切美好的事物从此开始，这就是作者开始为之奋斗的力量。自己发誓要在绝望中重生，在如此艰难的岁月，能够去坚持一件几乎被大家认为渺茫而虚无缥缈的东西真是一种奢侈。那些痛苦的岁月没有让他放弃梦想，可是没有人理解，而大人们更是吓唬和反对，没有人懂得这颗幼小的心灵所发出来的声音。

一切为了我梦中的那个女孩，为了改变命运，为了自己的一份坚持，李学努力耕耘。曾经想要逃跑计划着路线，想得快要崩溃了，无数的梦在心中交织，不知道何日才能完成自己的心愿。为了曾经的那份年少痴狂，为了曾经的一份坚持和梦想。曾经努力不去想她，但自己却做不到。真挚的爱情萌芽，在最危难时刻吐绿萌发，为了心中的她，他要改变自己。她成了他为未来努力的动力，女孩在他的脑海里已经根深蒂固，是他一面砍不断的旗帜，他的言谈举止都与她有着不可分割的关系。

"在离开女孩的日子里，我几乎崩溃几乎绝望，一遍遍想象着她的生活状态和表现，试想她过得怎么样。"五彩的梦在心中飞舞，心里七上八下为情感焦虑痛苦。那时候他体会到深爱一个人的痛苦与忧伤，让他尝尽了相思的痛与折磨。人间最伟大的就是爱情，因为它可以改变一个人，也可以让一个人忘乎所以，一切都不可想象，像是梦中的场景，那刻骨铭心的画面都来自真实的情感！看到在1960年深秋写的那首离别的小诗，更是把我带到梦中的那个画面。"幸福而忧伤，爱神让我牵肠挂肚让我不知所措。梦里的完美女孩用三分的温情和七分的期待与我对视。让我的感觉窒息而慌乱，我用五角钱去买那两个甜瓜，我的心在迷乱中忧伤彷徨，一切都是命中注定的，相爱的人不能常相厮守，却娶了别的女孩做了新娘！"这是人生的遗憾，这是命运的安排。

一切都是童话里那个美丽的故事，而那个故事中的女孩是一辈子最温情的梦。最真挚的爱情对白和感慨，我们不能忘却自己，更不能忘却曾经的那份梦想和情怀。悠然地在内心歌唱梦中的那个女孩，希望你的人生更加精彩。

李学已有了自己的成就，并实现了自己儿时的梦想和愿望。遗憾的是没有娶到梦中的那个女孩。面对心爱的女孩，自己曾经的胆怯和羞涩，使那份美好变成了未能实现的梦想。但从事了自己所热爱的事业，李学和他的追梦人生，都是梦最高的境界和升华！为了曾经的一份坚守和愿望，他不畏艰难困苦。为了那个冰清玉洁优雅高贵的女孩子，他让相思的泪水流淌在心灵的深处。

《追梦》让我产生了心灵的共鸣。因为我曾经也有浪漫的故事和梦幻，并且我的一本未完成的作品，叫《追梦人》。其实我们每个人内心都有着大大小小的梦想，在追梦的过程中有些人放弃了，有些人努力却没有达到预期的效果。不管如何，只要自己努力过，就无怨无悔。

为了心中的那份美好，一直坚守着、努力着，才有了今天的成就。这一切都是值得的。这个美丽的故事让我感动无限。这就是爱情的伟大与从容，巨大的能量可以改变一个人的命运轨迹。让我们为李学今天的精彩而鼓掌，让我们为他曾经的努力和所付出的艰辛而点赞。在掌声响起的时刻，这个童话般的女子，让追梦人生充满神奇。

2015 年 7 月 11 日

孝心诚信行天下

——读臧修臣新作《孝典之歌》《诚信之歌》

臧修臣是我熟悉和敬佩的一位作家，他身为官员，做人谦虚，为人低调，对父母更是孝敬有加，对朋友满怀真诚和善意。他以自己的出色才华，用韵律诗歌的形式写了一系列弘扬社会主义核心价值观的经典故事。这在当下是绝无仅有的，也是当之无愧的当代经典作品。

自古以来，孝道对于中国人来说，乃是根植于心的传统理念，不管大家还是小家。孝心孝道是中华民族的根源文化，也是我们内心深处报答父母养育之恩的心愿和热爱父母之心的体现。

一个人可以没有一切，但孝心是不可或缺的。我们看到媒体新闻报道，处处暖人心的孝心感天动地，内心深处洋溢着正能量带给我们的温暖。我们都有自己的父母，做到为人子女对父母的恩情回报，要常回家看看，做到了为父母排忧解难，心里牵挂着对父母的爱，梦也会香甜，我们的心也会宁静平和而温暖。孝敬之心铭刻在内心深处的人，才会拥有更多的朋友和好运！

一个对自己父母都没有爱心的人，不会拥有多少朋友，也不会被朋友敬重。你连自己的父母都不想付出，那么你还能为别人付出吗？所以不管你的财富有多少，官位有多高，父母永远是心灵深处最重要的人，是人生路上最明亮的航标。父母是那把遮挡风雨的伞，父母是黑夜里那盏明亮的灯。

父母是你受到挫折和委屈时给你力量和勇气的铜墙铁壁，当你做到了孝敬父母，你的内心会安然，会问心无愧。你做到了孝敬父母，引导了自己的子女也会如此对你，榜样的力量是无穷的。你做了孩子的楷模，做好子女的典范，他们会更加孝敬你。这是爱心的传递，这是中国梦正能量的体现和传承。

孝心是一句问候，孝心是一个拥抱，孝心是你不管在天涯海角，给父母的温馨祝福和惦记。一句温暖的关怀，如春天里绽放的花朵芬芳四溢。父母其实不需要我们给予多少，他们的需求很好满足，一个电话就很开心，常回家看看就很满足了。

诚信是我们给别人的承诺要兑现的诺言，诚信是我们做人的底线和别人对我们人格的衡量标准。你做到了对身边朋友的诚信，会收获更多为人好、人缘好带给你的收获。没了诚信，没有做人的原则，就没有了朋友对你的那份信任和情分。为人要是做到了诚信，那么你就拥有了更多的友谊和财富。任何时候丢掉了诚信，就会失去做人的尊严和底线。

一个成功的人，最起码的做人原则是诚信。任何时候，我们都要坚信，不管艰难困苦，都要有做人的根本，那就是诚信之光照亮前方，给予人生更多的淡定与从容，洒脱与自信。不可逆转的事情，我们只有接受现实，那么孝心与诚信是不能丢弃的。

前些天，看到一篇报道，一个老板当年在困难的时候，遇到了大风大雨，实在没法前进就走进了一个小院躲雨。天特别冷，主人将刚煮好的玉米给他吃了一个。多年以后，这个人成功了，他依然记得那个给了他玉米给了他温暖的人，他要用一套房子来回报当初的那个人。因为在一个人冻得浑身发抖的时候，给他那个玉米等于救了他的命。那个人早都忘记了这件事情，可是在这个老板的内心深处，曾经的这份内心的感动却是永恒的，所以我们更坚信孝心与诚信在内心深处的巨大力量！

两年前的一则报道，说一个人在几十年前，为了给家人救命治病，挨家挨户去讨要钱，每家借款他都做了记录。多年后他挨家挨户去偿还的时候，有些人去世了，有些人搬家了。他依然不放弃当年的承诺，想方设法将每笔借款都如数奉还。这就是诚信。这些借给他救命的钱有的只是一元两元，在当时那个条件下很不容易，但借给他钱的人也没打算让他还，而这个借了债的人，他心里有着借了账必须感恩还给对方的原则。所以他按照当年的账本，去邻村归还了所有的借债，他心里才会坦然和平静。人不可丢弃的永远是做人的理念和准则，做到这些我们才会过得心安理得。

曾经看到这两个报道，多少网友转发微信微博在传播这样的正能量。我们做人不可坏了良心，最起码的"仁、义、礼、智、信"我们务必做到。中国梦的正能量更是孝心与诚信，这也是中国文化的精髓之处，是人性的光辉与美好！

多年来中国人之所以团结友爱，就是因为有了家的根源。有着对父母的恩情，兄弟姐妹的亲情，朋友之间的友情，才会情深意重，才会将温暖传递。

今天，我们做到了行孝会问心无愧，做到了诚信，会心里坦荡，内心会富有，精神会饱满；我们内心深处，才会散发人性的光辉。

任何时候，做人不可忘了根本；任何时候，为人父母不可失去对子女的教育。那么最好的言传身教就是做好子女的榜样，与朋友相处，更要做到诚信，这才是我们脚踏实地做人做事之根本。

臧修臣新作《孝典之歌》《诚信之歌》抒写了我们熟知的孝心与诚信，是正能量的挥发。是对生命之光的导航，是孝心和诚信的璀璨光芒，让我内心深处有了更多的感动与温情，看到了有血有肉的灵魂。我们可以放下许多东西，但不能放下做人之本的诚信，不能忘记任何时候对父母的孝心，这是安身立命起码的底线所在。

2011年1月3日

启发灵感，智慧在线

智慧是心灵的源泉，在内心深处，能有一扇智慧的大门为你敞开，面对任何问题，都能够坦然自若，无所不能地想出解决办法。启发灵感，智慧在线，是一种生活中美好的向往，而这样的向往恰似灵感通道。我们身边就有这样一位诗友——任启发。

多年前，一个偶然的机会，我认识了他。他非常友好善意地对待身边的朋友，开始我并没有在意这个热心的诗友。有一天，一件小事情，发现他解决得很好。而此事无关紧要，他却很认真、很善意地用自己的热情和真诚与大家交往。

任启发是独立性很强的人，不受别人的影响，愿意泰然自若地把自己面对的问题全部解决。记得有一次我们组织的"中国作家新创作论坛"，他作为一起组织和策划的重要参与者，为活动忙前忙后没少操心，却因现场一个人大发雷霆。了解真相才得知，是那个作家的过分要求没有得到满足而向会务组挑衅。看着平时温文尔雅的他，此刻却大发雷霆，好像要与对方决斗。因为他觉得大家都如此友好真诚，而这个人却如此不可理喻。我和几位工作人员出面，解决了此次风波，但能感受到他那种正直善良的个性。

他说我可以对任何朋友好，但这种无理之人还是挑战了我的底线，所以必须拿出态度，不能让他为所欲为得寸进尺。他是有情怀的人，热爱文学，在《中国作家》杂志社从事编辑工作多年。后来得知，他为了这份热爱北漂十多年。他从高中就开始写诗，以现代诗为主，旧体诗也写。这些年他把更多的热情投入到了文学评论和给艺术家写评传的热情中。得知他已写过多篇诗歌评论，评论的作品来自书画家、作家、企业家，还写了一些名家访谈。他写报告文学更是一把好手。

面对生活的琐碎和工作上的忙碌，在文学道路上，他从未放弃自己的热爱和内心的追求。他对自己的定位很准确。记得一位朋友说过，搞文学有两种模式，一种是创收，一种是创作，而他为自己定位选择了搞创作。他是内心单纯有理想有抱负的人，不愿意搞复杂的事，更不愿意做违心的人。他的满腔热情赢得了好人缘，但因为他的率性和耿直，也得罪了一些朋友。因为他的眼里容不得沙子，嫉恶如仇，爱憎分明。不愿去恭维别人，更不愿把时间荒废在无谓的事情上。这样的个性，也难免对朋友有所冒犯。

任启发的诗歌，有着自己的特色和风格。他写诗歌的感觉是即兴而为，灵感突发，一泻千里地表达自己真实的内心。他心态阳光，面对困难和挫折从不言放弃，不忘初衷。既然选择了文学，那么辛苦和纠结也打不垮他的真实内心。他的文字是有灵魂的，不管是写情感，还是写人物。在他脑海里涌动着一首首诗，用诗意的种子深植在古典传统的沃土，培植出内心的良知根芽。从他诗歌的意境中，可以体会到诗人对生活的热爱，对自己的未来的美好向往，面对生活的挑战从不放弃的那种精神。他说自己从小就有一个梦想，写作也许是他灵魂深处的归宿。他喜欢看书，唯有书能让他宁静，安抚一颗浮躁的心；只有与经典作品进行跨时空的交流，只有文学艺术的魅力，带给他生命的力量和勇气。

在朋友们眼里，他有着诗人跳跃的思维和激情的灵感。即使在闲谈中，他总是出言不凡，一语中的，让聊天氛围热烈而有别样的话题。为了心中的那片蔚蓝的天空，为了他的文学梦，不惜放下自己的一切，认定了路，就要一如既往地走下去。他热衷于文学，也将用自己的身心力量，在这条漫长的路途中继续前进。有人说，从事文学的人，多数都比较清贫，写诗歌的人，多数都是有梦想有浪漫基因的人。他们为了这份执着，付出热忱和心血。

不管前面的路，往前走得多么辛苦，他始终坚信，这是一份希望，一份自己的梦想。他的幽默和单纯，他的坚持和努力，也将是推开理想大门的钥匙。打开了梦想的通道，就不能回头，不管是风雨彩虹，还是黎明前的黑夜，都要有必胜的信念。相信自己一定会走得更高远，让放飞的心绽放在理想的星空。

任启发，这个名字，在朋友们开玩笑中那是启发大家。他会策划，有思想，有个性和担当，灵感总是涌上心头，智慧闪现在脑海。

他写的诗歌有着爱情的力量。记得他送我了一份报纸，一整版都是他写的爱情诗《蝶季》。在他的眼里，诗歌是有灵魂的。在他的诗歌里，有这样的一段话："他是一粒飘落在人间的种子，有幸洒落在这片热土里，既然已经生根发芽，他将怒放出生命的精彩，让自己的世界变得五彩缤纷。"

因为不甘平庸，他说十几年前，在图书馆看了鲁迅文学院作家班的招生启事，激动地报了名，随后如愿以偿地进入了文学最神圣的殿堂。他相信自己能够在文学道路上找到属于他的天空，所以必须努力，要保持好心态，做一个不辜负青春的人。他的特点就是性子豪迈，经常为了给别人让座位而一路站着，虽然是个小事，但在他的诗歌里写着"日行一善，我帮助了身边的人，哪怕是一个小小的施舍，都让自己内心好充实"。快乐的源泉来自内心的感动，闪耀在心灵的最深处。

因为有着一颗从容淡定的心，在他的诗歌中，能感受到诗人的那种荡气回肠。但因有了文学作为内心的根，自己心灵深处的归宿，他觉得人生就不孤单、不寂寞，一路相伴、风雨兼程，无怨无悔！

他的热情豪迈是身边朋友感同身受的，对生活的热情，对诗歌的热爱，对评论的儒雅风格，都融入了他的字里行间。他的诗歌，有灵魂有力量，更有风有雨有雪花漫天飞舞。读他的诗歌，有着瞬间的画面感。他为人低调，从来不随便发朋友圈，不晾晒自己的作品。他认为最好的一定是保留在内心，说出来就失去了它的原汁原味。他在诗歌的意境中能表达想要的感觉，能找到真正的自己。

很多人和我的感觉一样，看到他的名字首先认为是笔名。难道他的名字叫启发，他真的能有那么大威力启发到大家？但他的灵感源泉，智慧的思维，也许与他的名字有着密切的关系。任启发多年来笔耕不辍，写了不少文学作品——诗歌、评论、报告文学。他更多陶醉在自己创作的诗情画意中，自信和魅力，来源于他的好心态。不去计较小事，有着从容洒脱的情怀，不管路途中的风雨彩虹，他都有着一颗感恩的心。拿得起，放得下，才能达到内心的豁达。他说，从小看书是他的梦想，学校的图书馆是他的心灵家园，也曾在刚来京的那些年泡在国家图书馆、西单图书大厦。看书，是他平生最幸福的享受。

倾听一位诗人内心最真实的声音，热爱，让一切变得温馨，梦想让生活如此美好！

2016 年 10 月 26 日

芳闻大姐

人生最曼妙的风景，是内心的淡定与从容！

与芳闻大姐是陕西老乡，虽不曾谋面，但联系过两次。从电话中能感觉出她是一位优雅的诗人。大姐雷厉风行的做事风格让我敬佩。和芳闻大姐沟通默契，也喜欢这样一位诗情画意，能给人带来榜样和力量的诗人、好大姐。

大姐发给我几首诗，展现在眼前的《在雨中，敬仰一座塔》，瞬间，我被这首诗的标题所吸引，接着我读到了一首大气、有画面感的诗，仿佛感受到了写诗的人当时那种心境和感觉：这首诗是有灵魂的。我接着往下读："天堂的圣水／为一座巍峨的唐塔沐浴／佛的悲泪／感动南飞的大雁／／想念那个西天取经的圣僧／浑厚的钟声／回荡古城／唤醒红尘深处的迷茫"。

不敢相信这是一位温文尔雅的女士所写，她的气场有着男人的豪迈，有着万丈霞光，将这首诗点亮的不是语气本身，而是诗歌的意境和灵魂，我被这首诗所打动。

接着往下读第二首《秦俑魂》："穿越千年的时空／骊山上的烽火／染透了／满山遍野的红枫／／将万丈豪情挥洒一统江山／秦女带着两千多年的温情／穿过城／走过巷／为你们轻轻拂去落在肩上的尘埃／／秦俑是永不倒的长城／是大秦帝国的军魂／是

炎黄子孙的骄傲／是中华民族的精神雕像"。

那些珍藏已久的雕塑，在沉寂千年之后，永葆瑰丽的青春。只有气吞八荒的勇气与智慧，能在黄土中复活，从迷雾走向世人瞩目的绚丽。泥土中的雕塑可以坍塌，心灵的种子却在一次次的劫难中，破土发芽。千年万年，亿万斯人，都在它从黄土中勃然焕发生机的时刻，向世人诉说惊人的方阵，仿佛在一瞬间，注入了生命，彻底点亮世界，从悠远的呼唤中，倾听魂归来兮。

芳闻大姐是一位多才多艺的女诗人，才华横溢是大家所公认的。她是研究生毕业，加之西安深厚的文化底蕴，孕育了这样一位优秀的女诗人。她曾任咸阳市广电局副局长、咸阳市委宣传部副部长、陕西省作家协会秘书长，现任陕西文学基金会常务副理事长、中国文化交流网主编、中国文学交流艺术研究院执行院长、凤凰网陕西频道文学主编。她多年来笔耕不辍，已出版《黄土壮歌》《天堂有只水鸟》《千年雪》《太阳雨》《思想树》《迷茫的爱》《安吴商妇》《秦商魂》《龙驹寨》等多部文学著作，编著百万余字的诗集《历代诗人咏咸阳》。2010年曾经参加中国百名作家代表团出席了德国法兰克福第66届国际图书展，和2011年的中国作协第八次代表大会。获全国第六届冰心散文奖，俄罗斯契诃夫文学勋章等。

再次赏读芳闻大姐的诗《天堂夜月》："今夜／在天堂里／嫦娥把月宫点得亮亮的／与吴刚在桂花树下把盏轻吟神曲／有仙乐自天外袅袅／有香露滋润生灵大地／／花儿醉了／小草神迷／摘一片月光／种在心田／绽放千年的光明"。好美的天堂月夜，像一盏心灯照亮了整个世界。诗人有着善心善念，她所向往的天堂，一切都是美好的，万物都能够得到最好的归宿。她用诗歌，点燃了心灵的火把，让这样一首简单的诗，燃烧着激情和浪漫，感受着诗情画意的浪漫人生。

《咏雪》："漫天的白蝶／自广寒坠落／是嫦娥相思的珠泪／化作周彻寒天的雪花／银杏叶写满了对春的思念／柔柔的春水还荡漾在心田"。写雪的诗人很多，写雪的诗更是飘飘洒洒。但像芳闻大姐，把雪比喻成漫天的白蝶，是有生命而纷飞的蝶儿，嫦娥相思的珠泪，用拟人的表达方式，表达了一份通过对雪的情感来构思一份纯真与浪漫。银杏树是秋天最美的落叶，她用银杏树对春的思念，来表达柔柔的春水还荡漾在心田。这首诗让人瞬间好像看到了春的脚步、春的身影、春的美好，带给诗人内心的呼唤与甘甜。

读一首诗献给祖国——《飞吧，白鸽》："这是一年中最晴朗的日子／这是一天中最美丽的辰光／披着春风／披着清晨的圣光／你从和平崛起的宣言中飞来／一路海纳百川／一路自信轩昂／／鸽子／是我们迎接世界风云的微笑／你舞动中国风范／一身中国红照彻长城长／／我们一个书写未来之梦的国度／没有谁比我们更懂珍爱和平／／可是我们更知道／和平从来都不是神的恩赐／去播种幸福／去播种希望／／我走向伟大复兴的祖国／用微笑拥抱地球／用和平托起明天的太阳"。

这首《飞吧，白鸽》，献给祖国，那种荡气回肠，那种气势足以让人折服。诗人用放飞的心灵，展望美好的明天，用诗意的苏醒，播撒了青春的种子。她的文字，是那样的有血有肉，有着动人心魄的精气神。对于祖国，我们有着更深刻的情感，有着刻骨铭心血浓于水的爱。朗诵，是让诗歌插上翅膀飞起来。看着芳闻大姐的诗歌，听着她的朗诵，有一种生命的冲击力，激荡在我的心中。

芳闻大姐是有情怀的人，也是能干事的人。她的诗歌，能给心灵洒下丝丝甘甜，能给生命一抹灿烂的云彩。她的诗让你能感受到一种正能量的传递，特别是这首《飞吧，白鸽》，描写了祖国的繁荣昌盛，和平未来，大地被友善美好的一切所拥抱。一颗诗心，在这首诗里味道非常浓烈，像一杯千年陈酿甘甜醇香，像冬日的暖阳，给人温暖与激情。

喜欢芳闻大姐的诗带给我们的精彩，倾听她内心花开的声音。惬意、温暖。人的一生，能够做自己喜欢做的事情，是最大的快乐！而芳闻大姐，就是跟着感觉走的人。她的洒脱、豪情，她的美丽优雅，都在这些诗情画意里，都在这杯陈年干红里。她所热爱的、喜欢的，也正是风雨人生中，最让人为之神往的诗意人生。

后来的一次春节聚会，终于见到了芳闻大姐。她一袭华丽的红色民族服装，带着春天的诗意，让人眼前一亮，春意盎然。后来在聚会中与大姐再次见面，每次她都以火红的色彩，给人带来了视觉的冲击。像蝴蝶仙子一样，翩翩起舞，她说热爱诗歌，要把日子过成诗。她做了很多有益于文学的事，组织了多次文学艺术家采风和作家"一带一路"的活动等。

热爱，使一切都变得更加美好！诗歌，是我们人生路上最绚丽的风景。祝愿芳闻大姐的幸福人生，如诗如画，多姿多彩！

2016年4月9日

草原诗人牛敏

在辽阔的大草原策马奔腾，让人瞬间有了飞翔的感觉。蓝天下牛马羊群，一望无际的绿，如此的惬意舒爽。牛敏就是从草原走出来的诗人，他身上的诗情画意，热情豪迈，都是源自大草原的洗礼。

牛敏是有情怀的人，也是在诗坛经常可以看到他身影的人。我们在《诗刊》《草原》《绿风》等诗歌刊物经常看到他的作品。他热爱自己的家乡，诗歌的字里行间，让人感受到浓浓的乡愁。牛敏生长在辽阔的乌兰察布草原，离开故乡多年的他，诗歌是他精神的家园。他用自己诗意的语言，表达了对家乡亲人的思念，对那片热土的深爱。挥之不去的是自己梦想的蓝天下，故乡的那种辽远、单纯、宁静。故乡的水土滋养了如此优秀的作家，他热恋自己的故乡，还有故乡的风土人情，时光荏苒，乡音不改，乡愁不断。心中升腾着故乡水土的甘甜，不管走到天涯海角，他都不忘初心。牛敏的诗歌是有灵魂的，他用生命礼赞的方式，倾诉着自己对生活的热爱，对诗歌的情有独钟。

他的诗歌，语言纯净，如一泓清泉，甘甜而清澈。他在百忙之中，始终不忘用业余时间来创作。一首首诗歌的积累，小溪汇聚成江河。他对亲情的刻骨铭心，对朋友的真挚真诚，都展现了草原诗人的豪迈与精神。他的语言细腻而柔和，没有矫揉造作，让人能感受到精神家园的美丽与温馨。诚如著名诗人叶延滨在"纪念中国新诗百年暨草原诗人作品研讨会"上所讲："在现今诗歌越来越追求刺激、追求场景化的环境下，牛敏坚守诗歌的本真和优雅，形成了舒缓的、高雅的诗风。他的诗歌让人活得有尊严，让人变得高贵、优雅，让人对未来人生充满信心。这样的诗人是贵族精神，高雅人生，内心丰厚，成长在自己的领地。读牛敏的诗是精神的瑜伽，审美的享受，灵魂之曼舞。"

打开牛敏诗歌选，映入眼帘的是一位和蔼可亲的诗人照片。展开诗集，看到内容丰富的标题，正能量传递的文字。第一首诗歌是《禅》，让人联想到禅意中的吉祥如意。他写道："禅是音乐舒缓延绵的海岸，有点怀旧，有点幽怨，禅是空空的心坎横在天地间。"故乡，他能从每一片叶子中闻到故乡熟悉的味道。写到雪花，他说"凝结着星光轻灵的飘落，一盏油灯的无眠"。用飘落的雪花飞舞来联想到漂泊的亲人。《油菜花开》："油菜花开的地方"是他美丽的故乡。他把自己比作一株作物，"站在风中摇曳"。他对美好事物的感悟，都是有生命的礼赞和歌咏。《复制阳光》：他把好心情和坏心情用阳光来比喻，希望复制阳光改变坏心情，好心情和甜蜜生活就是生活里一幅色彩斑斓的画。好日子和好心情坐在一起，美好和快乐握手成为永恒。《在风中》：风儿是传播快乐美好的天使，点燃激情，让梦想进入生命里永恒的春天。诗词歌赋和酒似乎有着天然的关联，我想诗人在半醉半醒之间，应该能感受到光芒万丈的诗意与激情。他是诗歌的种子，在微醉的状态下，诗会如飞流的瀑布飞奔而下。

牛敏用他的感觉告诉我们，诗人也可以这样活，用自己的思维和灵感，创作生命中的神奇，像神话中的仙境，像白云深处那让人陶醉的人间天堂。在《漂流》中，他说："多想在这河面上一直漂啊，漂个不停／多想是摇曳的芦苇啊／就算是云淡风轻，过尽千帆／我也会坚守成你的彼岸"。洒落心里的种子是诗歌的绿茵。《樱花时节》："吹开桃花的风，吹开樱花。燕子乘着心的翅膀，来到四月京城。让眼前的日子冰清玉洁，为季节不明的京城照亮前方，春天里开放，花朵依旧。"《回村》："一切都已远去，让人感到陌生，熟悉的只有风，独自留在村中。身居远方的人，一生都在还乡的路上，回来，只是为了离开。"如此凄美让人为诗人依恋故乡的情结所打动。《风过野山坡》："鸟鸣是野山坡的花香和温暖，阳光清新，白云缠绵。即使落满了雪，风很冷，却洁净而甘甜。"《家园》《乡村》《思念》《远方》《野山坡的日子》是诗人心灵深处对故乡怀念的深深情结。《够不着的乡愁》《秋水》《蝴蝶》《布谷鸟》和《知了》，都是诗人生命中家乡情结里深刻的美好与记忆。还有《秋分》《江南》《光阴下的礼赞》等等，诗人的诗歌标题，都在表达着自己对故乡久违的感动与亲近。

诗人有两本诗歌集，一本是《牛敏诗歌选》，一本是《风过野山坡》。最早的一本是人民文学出版社出版，新的一本由作家出版社出版。读过你就能感受到这两本书的厚重与温情。诗人把诗歌比喻成自己的孩子，都想给它最美的归属和想要的感觉。这两本书里的诗歌简洁明了，让人看了心生感慨和思索。感慨我们每个离开家乡的人，在外漂泊的情节。感同身受的是，我北漂十年，每次回到家乡，总有内心深处的感想。回家的路总是那么亲切，面对亲人和故乡，是每个诗人心中最深刻的情景再现。人的一生，走遍千山万水，天涯海角，哪里都是家，但真正的家在诗人故乡的热土上，在母亲的笑容里，在孩童时走过的那条乡间小路上。诗人的诗歌意境，所表达的正是我们心灵深处最柔软的心房。我们不畏惧风雨，勇敢地走出自己的家园，为了生存也好，为了梦想也罢。落叶归根，最想念的、梦里牵肠挂肚的，是亲人和故土难离的那份情感。

不管时光如何改变，我们心中最牵挂的依然是亲人和故乡。故乡的风雨都是熟悉的舒适的味道。这两本书，都写了亲情与故乡，还有生活的色彩缤纷，五彩斑斓的是诗人眼神里飞翔的翅膀和徜徉在辽阔天空的心海。作者是草原走出来的诗人，他对草原的理解比我们更加深刻而悠远。

草原上走出来的诗人牛敏，他的温文尔雅，他的绅士个性，融进了得天独厚的草原风情。绿色滋养了他的心灵，释放出来的灵感都是碧绿养眼的色彩。一直想动笔为他写点什么，今天终于一口气把对这两本书的感悟写出了，还有作者诗歌创作的独特之处，以期让人看到不一样的草原人、不一样的诗歌和高风亮节的正能量。

此刻，带着诗意的感觉，美在心灵流淌，如清澈的小溪，已汇聚成海洋。让我们张开双臂，迎接冬日里的暖阳，感受冬日里的雪花飞舞。让诗歌滋养心灵，读草原诗人牛敏的诗，醉在秋天收获的季节，醉在诗意人间。

2016年10月1日

新诗百年，雷人来了

——感悟雷人诗歌现象

我行我素绘人生，雷人自有雷人语。

《水浒传》梁山泊的英雄好汉们自称"落草为寇"，雷人，却借其音自勉为"落草为诗"。好一个"落草为诗"！雷人用这四个字把中国诗的境地，诗人的境地，他的不凡而又逆袭的诗心，表达得淋漓透彻而又诙谐旷达。中国有成百万、千万的诗人，我第一次听到这么敛而放、俗而威的警人之句！

雷人，不但是诗人，还是成功的企业家，曾是执业律师、大学讲师、建造师，十几项工程机械发明专利拥有人，翻译家。他六十岁开始写诗，让我这个七零后诗人发自内心地钦佩。已出版了六部诗集，第七部《水的绝唱》近期付梓。2013年，他还翻译出版了四十五万字的美国长篇小说《红眼睛蓝了》。他的诗作在国内外发表，被收入各种语言的选编、年编。他翻译的诗歌也多有发表。2016年7月29日，中国诗歌网为纪念新诗百年而举办的"新诗百年系列研讨系列之一——雷人"研讨会上，与会的专家们不无感叹地把雷人其人其诗称为"雷人诗歌现象"。

雷人的诗，不是写出来的，几千首诗，没有底稿，用他自己的话说，是"喷"出来的，"夜夜喷诗到天明"！他是用手机直接

"喷"到微博上的。雷人的诗，语言独特，有个性有思想。他真的是"诗说天下"：从他十六岁放羊起到他自己命运多舛的整个人生；从爱情到事业，到历史、现实、哲学、艺术，到大大小小的历史事件和人物，几乎涵盖了无所不包的领域。雷人的诗有他独到的，令人震撼的诗意和个性。

雷人的诗和雷人在诗坛的影响也像旋风一样，甚至引起世界诗坛的热切关注。从2014年到2016年，雷人去了美国、罗马尼亚、俄罗斯、捷克斯洛伐克、德国、瑞典、日本、韩国、马来西亚、越南、澳大利亚、新西兰等十几个国家，参加了几十场国际诗会，并且用英语朗诵他自己翻译的诗篇，引起各国诗人和诗评家的好评。

著名作家、文学评论家、时任鲁迅文学院常务副院长李一鸣先生在"新诗百年，雷人来了！"诗歌研讨会上，高度评价了诗人雷人的浪漫主义情怀。他说："在我心目中，雷人的诗，在一定意义上说，他的大胆，他的豪放，他的自由，他的通彻，真的是我们能够体会到的诗所真正具有的魅力。"

《天津文学》原主编、著名"钢铁诗人"、文学评论家冯景元先生说，雷人的诗，把中国的新诗"提高了八度，锥深了八度，野放了八度"。作家网主编、诗人冰峰这样评价："他的这种语言的转换，我们未来诗歌的走向，是不是就是这样一个方向呢？"

诗人雷人，用他六十年积淀的人生思考和灵感为人性的张扬增添了曼妙的风景。他用诗让我们的人生充满激情。雷人的人生历程本身，就是一首激情四射的精彩诗篇。

与雷人相识，是在今年三月份秦皇岛的海子诗歌节上，那时，只是礼节性地打声招呼，当时虽有朋友用推崇的语言提及了雷人，并没有引起我的注意，会后也没有什么来往。几个月后，他在《作家报》发表了"黑马诗人——雷人诗选"三十首，朋友们约我一起参加聚会以表示祝贺。同时，也是有意向我引荐雷人，这依然没引起我的关注。印象深刻并打动我的，是后来在宋庄的一个诗歌朗诵会，雷人邀请我与几位老友在此相聚。朗诵会临近结束，我们几位熟悉的朋友准备离开，突然看到雷人站到朗诵大厅的楼梯台阶上，声情并茂地朗诵自己的诗，慷慨激昂，仗义豪爽之情瞬间让整个大厅肃然起敬。不仅仅是他朗诵的内容感动了现场的所有诗人和我，我更看到的是一位诗人，用他独特的语言表达正义而冲动的内心世界。

后来得知，雷人有着传奇的人生。他曾经是一个放羊娃、普通的民工、民办教师、律师、翻译、工程师、经理、诗人，从他个人的职业生涯中可看出，他有着丰富的人生经历，喜欢挑战自我，是一个传奇式的人物。能把自己笔名叫雷人，得有多大的勇气。一旦与诗歌结缘，他就不顾一切地去写。他是跟着感觉走的人，在行走之间将诗情画意洒满人生。他有着很好的人缘，朋友遍天下。也有着诗意的情怀，雷人说自己有时候灵感来了，一个晚上写二十多首诗。他每到一个地方，就把诗歌写到那里，用诗歌去感受生活的美妙。他敬畏诗歌，更用心灵在写作。

雷人的个性和风采，比他的实际年龄要年轻二十岁。他做事不卑不亢，有理有据。与人相处首先是为朋友着想。他用感恩的情怀和真诚的内心，在抒发自己内心的真实世界。他的诗歌更是像他的为人一样光彩夺目。

比如，他六十岁生日写的《六十自诩》："我是个／皮／小孩儿／／没事儿／牵着风儿／／遛／弯儿／弯儿！"这首简短明快的小诗，诗意却是十分丰沛十分现代，一个"皮"，一个"牵着"，一个"遛"，就写出他六十岁的人生惬意与奋发，真的让人心胸顿开。

《诗是一个眼神》："诗是什么？／如果世界是一个美人／诗，／就是她美丽的眼神儿！／／如果世界遇到邪恶／诗／就应该是一柄利剑！"

雷人的这首诗非常的简洁，却又十分的美妙和犀利，有味道而且深刻。是对诗的最本质、最形象且最富有诗意的界定。

雷人的经典比较多，比如《刀，我的早餐》，用几十个字，形象而又诗意地概括了人类历史几千年的本质，这是他在北欧的邮轮上触景生情之作。《雪的颠覆》（也是他第六部诗集的书名）是世间所有写雪的诗篇中视角最独到、最具颠覆性且最简洁的篇章之一，诗的寓意之深，也必定会使它成为经典。《马蹄洼，我十八岁的牧场》是描写他十六岁放羊的苦难经历的长篇叙事诗，这首长诗在天津理工大学举办过两场大型朗诵会，引起轰动。《水的绝唱》是第七部诗集的扛鼎之作，正如李一鸣先生赞许的，"大胆、豪放、自由、通彻"在这首诗里得到了淋漓尽致的表现。

他用一颗感恩的心，来写作，来面对生活，他的人生处处充满着温馨和美好！雷人六十岁开始与诗歌结缘，是因为他六十岁去青城山，下山的雨中，遇到一个骨瘦如柴，背着一百多斤青瓦上山的挑夫。他触景生怜，生诗，写下了他的第一首诗《挑山》，青城下山至今已经六年，他灵感喷涌，夜夜喷诗不止，一发而不可收。

任启发曾为他的研讨会命题："新诗百年，雷人来了！"天津的诗人评论家冯景元2014年为雷人的第一次研讨会的命题是："雷人来了，诗歌就不老。"可见，雷人血气方刚。雷人六十岁闯进诗坛，可见他不同凡响。尤其让我惊愕不已的是，雷人的《诗说》《诗爱》和他的长篇译著《红眼睛蓝了》，竟然是在 2013 年的两个月内同时出版的，他的每部诗集的篇幅都在三四百页。他的译著四十五万字，他为这部著作加了一千多个注释。据说他的中英文笔记竟达一百五十万字之巨，翻译家梅丹理看了竖起大拇指。雷人没有秘书，也没有打字员，所有这些都是他一个字符一个字符"点击"出来的，再加上整理、校对，那该是多么巨大的工作量。

雷人的勤奋，叫人钦佩，他的诗作后面都附有详尽的写作时间，有的诗前后只隔数个小时，有的作品后面注明是上半夜所写，下一首标注的竟是下半夜所写。雷人紧跟时代潮流，他熟练地使用高科技、互联网进行创作，可以一天发多次微博。2014 年他把在新浪微博"雷人诗谈"上发表的原创诗歌和转发的评论的信息结集成十四卷，两千多页。他每天收到和回复无数条微信。他用自己的执着和毅力，做了很多了不起的事。他言必信，行必果，只要决定做的事情，会义无反顾。

2016 年 7 月 29 日，在中国作协办公楼十楼，开了一次有意义的诗歌研讨会。我是本次研讨会的策划，近距离对雷人，对雷人的诗，有了接触，在作协十楼为一位草根诗人举行这么高规格的研讨会为数不多。

就在我这篇文章截稿时，我从诗友那儿获悉，雷人二十五年前翻译的《交易的艺术》，竟然是刚刚当选美国总统的特朗普二十五年前出版的自传。这又是雷人的事件，雷人的一个翻译的神话。国内的"今今乐道"读书会抢先爆料，随后上百家网站，他家乡的《沧州晚报》，天津的《渤海早报》等都抓住雷人做了长篇专题报道。向雷人求签名书的更是应接不暇。据说，雷人为了满足读者和诗人朋友的期望，签名、留言，都把他的手磨起了泡。可是，这又该是多么开心又值得骄傲的事呢。二十五年前中国有谁知道这个特朗普呢？雷人竟然先后两次投入十万元资金翻译出版特朗普的自传体作品《交易的艺术》。特朗普本人听了都会感动吧。雷人印了六千册，竟然全部作为他二十年的名片赠送了朋友。也就是说，借助雷人的翻译的传播，特朗普在当选总统之前，中国已经有五千多人读过他成功经商的故事了。

　　我相信，雷人和他的诗，会引起更多独具慧眼的诗人和诗评家的关注、研究和挖掘。

2016年12月1日

超侠和他的科幻人生

超侠最大的超人梦想，是凭借月光宝盒，穿越时空的隧道，创造梦想的奇迹。他用科幻的视角，为我们展现了一个个妙趣横生的精彩故事。带着玄幻的感觉，我们走向他的内心深处，来感受这位勇士、大侠、超人的梦幻与神奇！

几年前，有缘在朋友的引荐下与超侠相识。他的真性情给我留下了深刻而难忘的印象。在随后的交往中，更是感受到这位大侠的仗义与豪气。他真名尹超，笔名超侠。尹超：云南德宏人，科幻、冒险、儿童书作家，影视编导，中国作家协会会员，多年来一直在中国作协中国作家网从事网络与媒体方面的工作。人如其名，高大魁梧的身材，洒脱个性的风采。不用化装，就可以参与剧情演绎，喜剧或者搞笑剧情的特写绝对适合上镜。与大家相处，他让人耳目一新地感受到特别的趣味。

超侠不仅本职工作做得出色，还是多家文学网站、游戏网站、动画公司、出版公司的专家顾问。多年来，他笔耕不辍，写了很多优秀作品。主要作品有《少年冒险侠系列》《奇奇怪史前海洋大冒险》《深海惊魂》《使命召唤：狙击手们的战争》《小福尔摩斯》等，编剧作品有《高手》《皇城相府》等，主要创作科幻、奇幻、冒险、悬疑、童话等幻想类青少年文学作品，总字数超过千万。曾被新华社、中央人民广播电台、文艺报、新浪、搜狐、网易、腾讯等多家媒体采访和报道。

2013年开始，他还推出自编自导的网络视频节目《超侠视频》，内容包罗万象，角度新颖奇特，深受广大网友喜爱。2013年、2015年曾荣获全球华语科幻星云奖，并应邀参加全球书博会，并和阿拉伯出版人对谈、演讲。他还以科幻作家的身份应邀参加过《非诚勿扰》《一站到底》等电视节目，多次回到家乡演讲、捐书。他写了许多少儿科幻作品系列、少儿动作侦探作品系列、少儿励志作品系列、少儿科普作品系列、科幻悬疑侦探系列、军事游戏惊险小说、少儿科幻童话系列、动画剧本系列，大型网络游戏小说《纵横时空》、广东卫视拍摄的电视电影《高手》，动画片《皇城相府》剧本由中央电视台拍摄制作。目不暇接的作品名字，让人陶醉而震撼，欣赏了超侠这些作品，我被他的毅力和执着深深地震撼。这么多优秀作品，让我仿佛看到了超侠无所不能的神奇力量。

作为作家，写本书并不难，可是在繁忙工作的同时，一个年轻的作家，写了五六十本大作。他牺牲了多少休息的时间，他经历了多少个不眠之夜。一本本大作问世，让我发自内心地重新认识这个朋友，重新审视他的诗意人生。有几次我向他约稿，他说稍等，然后十多分钟或者七八分钟诗歌就发来。问到何时写的，说就刚才。我在七八年前，曾经五天写过一本诗歌集，两天改好交稿完成任务。别人说我是快刀手，可超侠这样的神速，更是快枪手，而且信手拈来的诗歌也是诗情画意，充满浪漫。

我们组织的文学活动，多次邀请超侠参加，第一次去了贵州。他始终都带着骨子里那份童真与可爱，一路上非常活跃，给大家带来了很多快乐和美好。他不光仗义豪气，还仁慈善良，遇到需要帮助的人，总是尽自己最大的努力，力所能及地去帮助别人。别人说感谢的时候，他总是腼腆地笑笑说没有什么。多年以来，他帮助基层的作家，非常有耐心。他的热心肠也赢得了不少的粉丝。

贵州之行，他在织金洞、黄果树瀑布玩得很嗨。特别是黄果树瀑布，让超侠又一次找到了创作的灵感与源泉。他不断地拿出手机，找最好的景点，拍出美的风景，留下了许多珍贵的好照片。在黄果树瀑布，我们大家像小燕子一样，在飞流直下三千尺的瀑布中，寻找创作的灵感，找到了最美的自己。用黄果树瀑布的水，洗涤自己的心灵，感受内心深处的丝丝甘甜。火把节那温馨火热的场面，好多作家跟随音乐跳起来，舞起来。看到那么多彝族姑娘美丽的容颜，动人的舞姿，仿佛一切都是梦里的情景。人生原来如此美好。温馨洒在心灵的角落。

去年7月，我们十人作家团队，来到开封府，见到包大人的塑像。只见超侠跪在地上，击鼓鸣冤。这个画面可爱至极，演绎得情真意切，让现场的人都忍俊不禁。我们参观《清明上河图》时，到了一个表演场所，看到了一个杂技团的表演。他们询问谁愿意体验，把人五花大绑起来，然后五把斧头三五米甩过去，超侠踊跃上台，赢得一片掌声。吓死我了，因为超侠是我邀请的嘉宾，我得负责他的安全。主办方的黄总和邀请我们的何老师，以及我们的作家团队全都吓坏了。可是，一切发生得太突然。我们都来不及去阻挡，他已经上台了，在几百人的众目睽睽之下开始惊心动魄的表演。五把斧头从他的身边飘过，就差几寸伤到人。看到那锋利的斧子，我们大家都捏了一把汗。表演结束，我们回味着开始前，扔斧子的人说，本次活动参与者属于个人自愿，一切后果自负。惊魂一刻，一切平安。现场掌声如雷，久久才平息。主办方的朋友们吓坏了，我早已惊出一身冷汗。记得我们同去的一位大姐说："你这孩子，让父母从小没少操心吧，若是我的孩子得把我吓坏了。"超侠只是调皮地笑笑。从这天起，他多了一个"大侠"的绰号，不只是超人，还是一位勇士。开封之旅，充满梦幻与神奇，包括刺激惊险的一刻。超侠为我们团队带来了许多快乐。他能够挑战一切不可能，让不可能成为真正的可能。他始终保持一颗童心，是最有意思的超人。

青虚山之旅，他总是突发奇想，搞出让大家耳目一新的事情。对新鲜的事物，他充满了好奇，总是要问个究竟，要探索出因为所以。到了青虚山，两位道长出来相迎，超侠摆出造型，挑战道长，要与道长比武，瞬间有人拍下了他这个可爱的形象。他总喜欢将不懂的事情问得清清楚楚，我们不好意思问的问题，他都给大家搞得明明白白。在景区，他有一双慧眼，总能发现最美的景点，拍出最好的照片。看到他微信朋友圈发的图片知道前几个月他去了海南，在畅游大海，在树顶摘椰子，拿着大椰子开怀大笑。这就是一个男子汉的真性情，洒脱的、超人的情怀。他那些让人意想不到的画面，总能让大家开心一笑。与超侠几次搭档采风同行，我们的团队都感觉很愉悦，因为他的可爱，他的超人行为，他的冒险家行为，他的风风火火和义无反顾。

在电视上看到超侠被邀请参加《非诚勿扰》，我以为自己看错了。听他亲口讲述整个过程，才和看到的画面吻合了。记得他上台的自我介绍脱口秀，蜘蛛侠，钢铁侠，我是超侠。节目里他风趣的言谈举止，让女嘉宾纷纷亮灯。参加这个节目后让更多的人知道有个作家超侠。后来他又被邀请参加了《一站到底》答题栏目，他总是挑战一个个不可能，让奇迹发生。每次都是有惊无险，却让我们这些朋友都捏了一把汗。

人生需要梦想，梦想诞生奇迹。超侠的洒脱、大气、豪情万丈，给我们团队留下了深刻而难忘的印象。他的为人为文和个性风采更值得我们敬佩。超侠用神奇的力量在写作，在生活，在感悟自己的人生。他的心绪如蓝天白云一样，湛蓝、洁白、神采飞扬，充满了奇迹。他是性情中人，因为一份热爱，坚持到底。人的一生，最大的快乐就是做自己喜欢做的事情，并在快乐中陶醉。想象力丰富的人没有烦恼，精力更加旺盛，并在创造与写意中发现无限美好！

超侠的人生就是一部精彩的科幻小说，神奇的电影。他用科幻的角度让沙漠变成一片绿洲，让海市蜃楼成为现实。他满脑子都充满了对人生的美妙探索，处处浪漫温情，雨丝飞扬，让夏日感受丝丝清凉。他的好心态，来自他把现实与梦幻结合，所以人生处处开满鲜花，充满神奇，生命之树常青。

我们祝愿超侠和他的科幻人生多姿多彩，用他的智慧、才气和灵感，创作出更多更好的作品！

2016年1月25日

程绍亭的诗歌情怀

与程绍亭相识于七年前，首届中国作家新创作论坛会议。初次相识，他的豪爽与真诚，让人心生敬佩。有创作欲望时，会信手拈来一首首小诗，在他的灵感下妙笔生花。这就是诗人，让你感受到他的诗意人生。

诗人的世界，世间万物都有生命。程绍亭谦虚友善、和蔼可亲，做事一向低调，喜欢简单而美好的事物。与他认识多年，得知他一边发展自己的事业，一边笔耕不辍，用勤劳和汗水写了很多诗歌和美文。美好和温馨洒满了人生旅途，他有着传奇的人生经历。与程绍亭交往，你能体会到他处处为朋友着想。他的正义、慷慨、爱心，让你感受到诗人的温文尔雅，一位企业家的胸怀与气魄。

读《程绍亭诗选》，感受诗人的真性情，被他的执着和毅力所感动。在岁月的长河中，他多年来游走十几个国家去发展事业，更在奋斗中用诗歌的情怀去感受人生最美妙的风景。在异国他乡旖旎的风光中，体会西方文化底蕴的厚重，那些宏伟建筑的巍峨耸立，如泣如诉如歌，萦绕心头。那山那水那人那景，一切都是那么美好而令人向往。这些如梦的画面在心里永恒，他用思维和灵感将精彩刻画在心中。这些异国风情图文并茂，如一幅幅动感的画面在眼前闪耀。感慨人生，正是对生命的礼赞。

程绍亭多次走出国门，面对海外同胞，用瞬间灵感，写出了诗词歌赋；用自己的写作实力，告诉外国友人，中国五千年文化，历史悠久灿烂。他很自豪地通过自己的作品，告诉外国友人，中国人很棒，文化底蕴深厚，为自己是中国人而深感自豪与荣耀。

透过他的描述，你能感受到诗情画意：壮美的草原让人心胸开阔，八百里太行张扬着燕赵慷慨；冬天的白桦林在寒风中依旧美丽；秋游西湖的美景让无数游客流连忘返。秋天的九寨沟更是景色宜人，杭州大桥在眼前一闪而过，回望庐山会议多少英雄泪。峨眉山、普陀山、硫磺山、云台山各有不同。丽江行收获文化古韵，台湾行感受自然美好，世博会看人山人海；山水的秀丽，醉人的风景。看了程绍亭的诗集，仿佛置身于美景中让人感同身受。

蓦然回首走过的六十载春秋，那些曾经在记忆里留下的深刻回忆，希望自己粘贴美好，复制温馨，删除所有不悦。岁月的钟声敲醒了美梦，事业的飞跃在感慨万千中陶醉，用心深深地感受那些走过的悠悠岁月，思绪在心中回荡，心在蓝天下飞翔。

翻开心灵驿站人生感悟篇章，在生命的航行中，沿途充满了坎坷，但也看到了风光无限。他喜欢低调做人，把事情做好让心灵宁静而温暖。一个小小的心结也不让它残留，用心声和温暖唤醒它、融化它，让我心依旧。有梦想是幸福的，让希望之花绽放。

写作是为了净化心灵，有感而发，让文字妙笔生花。文字积攒多年，在星星之火中希望可以燎原。他将小溪汇聚成海洋，点点滴滴都是心灵深处的思想火花。用短短的文字，轻轻地点燃诗歌的篝火，一路温暖，一路感动。风景如画，岁月无声，在心灵的驿站，感悟人生。

品读程绍亭的这部诗集，让人有一种似曾穿越的感觉。因为时间跨越最长的间距有四十多年的历程。多年来他写了很多优秀的诗歌与散文，用诗的意境抒写人生，用感恩的情怀面对生活。他个性洒脱飘逸，不愿做违背意愿的事情，有一颗透明的心，愿意做的事他会竭尽全力不怕艰难万苦，愿意帮助的人他绝不吝啬。他骨子里正义凛然的情怀，就是做一个让自己心灵平静，让别人感受美好的人。

两年前的暑假，我们一家荣幸地在程绍亭的邀请下去青岛旅行，被老兄一家人的热情好客所感动。他从始至终陪同我们游玩，观赏美丽的风景。注重细节，让我们感受到家的温暖和友情的可贵。他拿出最好的酒与我们畅饮，用家宴盛情款待我们。他开车时，我们看到他背上的汗水心疼地说了声，太辛苦您了。他腼腆地笑笑，像个孩子那般真挚可爱，说应该的，朋友来只有开心，没有辛苦。四天的旅程，他安排得很周到细致，我们观赏了美丽的青岛栈桥，在黄金海岸大酒店感受海之蓝。他是一位老大哥，有着海一样宽阔的胸怀。我们在大海畅游，倾听海的声音，感受浪花拍打着海岸。美在心灵释放，在温泉里感受朋友的情深意重。

我们参观了程绍亭的公司，体验了碳素保健床。他不但热爱生活，还让更多的人感受到健康是人生最大的财富。他们公司生产的碳素床垫真正给人身心带来健康，提高睡眠质量。

在程绍亭的绿色农家庄园，品尝香甜的大西瓜，看着自己亲手采摘的瓜果，还有那些辣椒、茄子、各种绿色无公害蔬菜，体会丰收的喜悦。甘甜清澈的水井抽出来的水，水质好瓜果蔬菜也长得喜人。现场采摘的西瓜，色红沙甜，真正的瓜果飘香。

看到一头长得英俊洒脱的毛驴，程绍亭声情并茂地讲了它的来历：十年前，有一次出差，看到一个驴肉馆门口人潮拥挤，原来一头漂亮的小毛驴在那里被像模特一样做展示。大家在看热闹，而程绍亭却看到了小毛驴痛苦绝望的眼神，仿佛流下了一滴眼泪。他真是性情中人，和店主说买下它。店主说买下可以，但让再展示几天，程绍亭说不行我要把它带走。店主看到他出了好价钱才同意。就这样有了这头毛驴今天的命运，否则十年前它已是盘中餐。

这是一个小故事，却体现了一位企业家、一位诗人的善良之心。多年来他做了不少慈善事业，在当地也是很有影响力的一位作家、企业家，但他为人低调，做事从不张扬。他一直在种善果，心灵之花盛开在最美的春天。

《程绍亭诗选》文字质朴，简洁大方，有厚重感。读完如四月的丁香花沁人心脾，让心荡漾在春天里！

2013 年 5 月 27 日

战士的诗意人生

——读王发宾诗集《战士的心在燃烧》

感恩遇见，感谢友谊和缘分！一颗诗心，是我们对美好生活的向往和追求，也是内心深处最真挚的情感！

2017年8月16日是个好日子，诗人王发宾的诗集《战士的心在燃烧》研讨会在中国作家协会十楼举行。

作者是一位有特殊身份的军旅诗人，也是一位书法家，虽然早已转业到地方，但军旅生涯对他的身心影响是刻骨铭心的。他的这部诗集以故事的形式展现给读者，用诗歌的语言表达他对部队生活的深深怀念。

王发宾有着军旅诗人的大情怀，不管从哪个角度来展现和思索他对部队生活的热爱，都是一面心灵的旗帜，都是一种忘我的境界。王发宾是中国诗歌网"中国新诗，百年巡礼"系列诗歌研讨会的第六位诗人，但专门写部队题材的作品，作为对建军九十周年的献礼，他是第一位。这是一场与众不同的分享诗歌盛宴的研讨会。

在中国作协这个神圣的殿堂，为诗人王发宾圆满地举行了这场诗歌研讨会，我很荣幸是本次活动的策划人，帮助诗人完成了自己的使命和梦想。

诗人对于诗歌的热爱，一份生命中不可分割的珍贵。他陶醉在这样的诗意人生里，写出了一部很有厚重感的作品。

王发宾作为一名军人，有着一颗纯洁的诗心。他将自己在部队那些难忘的岁月，那些心灵深处的感触，奔放在他的笔端，书写着战士那颗燃烧的心。其实这也是他坚定不移的信念，抛洒热血的情怀，不屈不挠的意志！从王发宾这部诗集里，可以感受作者对生活的热爱，对部队和战友的一份特殊感情。我们看着这部诗集的名字，把自己当成一名战士，或者说用一颗战士的心来阅读这部诗集的时候，领略那些久久沉浸在梦里的军人风采，感觉军人的威严，力量从心底油然而生。

军旅诗主要是弘扬英雄主义这种宝贵的精神财富。站在军人的视角从读者的感觉中去寻找，就会发现他是一位有责任心、敢担当的人，也是一位情感丰富有着诗歌底蕴的人。他继承了军旅诗的优秀传统，燃烧着爱国主义的情怀。他的很多诗歌是退休以后用了大量的时间来完成的，回忆那段美好的军旅生活，感受过去的峥嵘岁月，倾吐自己内心那份军人的自豪与尊严。诗人把自己生命中最美好的岁月，最宝贵的年华，都留在了军营，留在了天山，留在了那条公路上，他认为这是永恒在心底深处的幸福和荣耀。

诗人虽然离开了部队，但心依然和部队和战友们连在一起。王发宾的这段很不平凡的经历，是没有当过兵的人感受不到的，那种流淌在诗行里的情感，闪烁在内心深处的光点，像春风细雨播撒在生命里，一种精神的体验和巨大的震撼。

这部诗集是诗人经过无数个夜晚的深思、想象、回忆，把战友之间所拥有的那份真诚，用灵感和意境将这些温暖融入到诗歌的文字里，真挚、朴实的诗句表达着浓浓的战友情谊，每一个字都是内心真实的情感。这部诗集也是作者心灵深处最动听的声音，从诗歌中能感觉到战士对祖国强烈的热爱和不惜流血牺牲的勇敢，这是正义凛然的军魂。因此，这么多精彩的文字，是作者内心深处涌动的源泉，读后让人心潮澎湃，感动不已。

在王发宾的诗集里，有一首叫《长城的一粒种子》：你／我的战友，我的兄弟／此时我无语／默默地落下一行泪／／有句话终生不悔／那就是，我是一名战士／战士、战士／长城的一粒种子／／军营洒血大地／你没有忘记，我没有忘记／共和国没有忘记／人民——没有忘记"。读到这里，我的心瞬间被融化，仿佛和战士们生活在一起。这首诗是作者开篇的第一首诗，也是我所喜欢和认为最好的一首。

诗集的第一组诗：《独库公路之歌》《天降神兵》《飞线走天涯》《司令员的眼泪》《羞愧的雪崩》《眺望天山》《一个班长的人生》《走近母亲》《神奇的子母河》《天山上的军嫂》……每一首诗都有着作者自己真实的情感和独特的语言，如《一个老兵的情怀》写道："天山，仿佛从他的担架上翻了个身。"读了让人为之动容，久久留在诗歌文字所描述的画面中。第二组诗中：《火红的旗帜》有这样一节："这是一个军人的胸口／从这里可以看到宇宙／无畏的生死，力量的源头。"第三组中：《乌拉山下》写大堤方埋在石头堆里的战士；在《死神无奈》这首诗里，他阐述了战士对待生死的神圣和超然："勇敢的牺牲，是战士的光荣／你用神圣的职责回答了死神。"多么简单的诗句却显得如此高大而雄浑，那种气吞山河之势震动着你的心灵。这些从战士生命里迸发出来的钢铁般的誓言和感天动地的行动，真让人感慨万千，泪流满面。第四组《转场在小寺沟》，第五组《入驻宜昌》，第六组《天山深处》《天山上的战士》《一道金光》《一盏小油灯》；第七组《和布公路组诗》，第八组《星哈公路》，第九组《筑路巴里坤》，第十组《感悟托克逊组诗》，第十一组《燃烧的激情》，附录《重走天山——独库公路古诗十二首》。等，也都是非常感动我的篇章。

整部诗集的框架首先搭建的是一个让我们仰视的高山，在山的这一边和那一边，都有军人的热血和汗水挥洒的瞬间，都有讲不完的故事，诉说不完的军人情结温暖着彼此的心灵。战士们不怕苦、不怕累、不怕死，心甘情愿地去完成自己的使命，捍卫自己灵魂深处的那份坚守。在海拔四千米的高山上，创造了中国公路史上冰山隧道的最高峰。战士的心此刻依然在燃烧，燃烧的不只是对祖国对部队炽热情感，更是王发宾自己内心世界的情愫，一切都是如此之完美，如此之难能可贵，可贵在一颗诗心，一份情怀，一份责任。

诗集最令人感动的，是作者那种火热的情感，他所走过的任何一个地方都是他写诗的素材。不论是歌颂英雄烈士、歌颂大好河山、歌颂火热的军营，还是歌颂美好生活的细节，都让人体会到他对这个国家和民族的强烈热爱！在新疆这个地方当兵，是他人生最为宝贵的财富。军人以服从命令为天职，然而文学却以自由为生命。《战士的心在燃烧》虽然大部分是离开部队后写的，但如此激情洋溢，也可以说是军旅生活的日记。大多是作者有感而发，是一种原生态的诗。在天山的十年里，战士们每天要面对悬崖峭壁、冰峰雪岭、走出天山、登上昆仑山、修筑和铺公路，天天重复着的是危险的雪崩和悬崖的夺命。诗人没有回避这些，反而让它真实地重复，让你看到一个战士服役四年、五年、十年，天天如此、年年如此，在这样恶劣的环境里为祖国、为人民奉献着自己的青春年华和宝贵的生命。我就是我，一名守卫祖国的战士，我要表达我自己真正的情感，我要将我的世界我的生命我的诗完美地呈现，不管岁月如何变迁，内心深处永恒不变的是对战友的情感，对部队生活的留恋，对祖国和人民的热爱，对人生的无限畅想和对生命的敬畏。

战士的心在燃烧，我的心也在燃烧，因为我的父亲也是军人，我从小也有当女兵的情结，渴望穿上一身英姿飒爽的军装，可惜没能如愿，没想到此梦在读这部诗集中实现了。

这是作者第一部诗集，希望王发宾在以后的时间里能创作出更多更好的作品。

2016年9月12日

柳歌，如烟如梦的诗意世界

——简评柳歌的诗

丝丝垂柳，是春天万物复苏美好的开始。绿色洗涤着心灵，看到这个名字，也会感受柳丝飘舞、柳笛声声一样的诗情画意。春芽萌动、天气晴朗、柳色如烟、柳色如梦……养眼的绿，穿透了生命的每一处角落，春回大地的心境弥漫在心中，倾听柳树歌唱的声音，走进他的诗歌王国、他的内心，一个诗意朦胧、柳色如烟的世界。

认识柳歌，是在去年上海大学的网络高研班，我有幸作为中国诗歌网的工作人员来到上海大学，碰巧和柳歌坐在一起，遂成为同桌。他低调随和，给人的印象和蔼可亲。惯有的微笑表情让人感受到一种亲切，他温文尔雅，平易近人，值得信赖。讲课的老师，让我和柳歌一起朗诵了仓央嘉措的一首诗，我们认识了并有了初步的印象。他又稍显腼腆地朗诵了自己的一首《下雪的时候》，让我在他一场内心的风雪中，又进一步走近他的世界。我作为工作人员在上海大学待了三天，会后和他并没有什么联系。

上个月去杭州参加一个文学活动，有幸见到了柳歌，对他有了更进一步的了解。以前感觉他是一位文质彬彬的诗人，这次再遇柳歌，得知他还是一个房地产企业的负责人。听说他的大作《柳歌诗选》刚刚出版，我还没有见到书，收到了他发给我的一些收录在诗集中的诗歌。今天我点燃心灵的思绪，在一杯香浓的咖啡面前，看着冬日里开放的茉莉花，想象着在春天里，来感受柳歌诗意里的色彩斑斓。

倾听《柳歌诗选》文字跳舞的声音，瞬间被他的心情所感染。他的表达方式比较新颖而独特，用灵动的思维为诗歌插上美丽的翅膀，让诗心永恒。在《梨花初开，又一场浩大的风雪袭来》这首诗里，柳歌用他的生花妙笔，表达了他在初春时节，邂逅万顷梨花一同绽放那浩大的场面时，内心油然生出的那种无限欣喜、极度愉悦的心情和源源不绝的诗意。他把一朵朵盛开的梨花，看成是尘世间发生的一桩桩美好的事物，让人遐思无限，心旷神怡。在崇尚物质、人心浮躁之风犹存的当下，这该是一种多么美好、多么让人神往的情景啊！偌大的梨花园，仿佛是他用浪漫诗意营造而成的美好世界，宛若他的理想国和桃花源……"你不是忧伤，你是忧伤的灵魂，散发出的淡淡的香气"，在他的思绪里，这些梨花都是人间万物的精灵，都有灵魂，可以美得令人陶醉。"当然，这个尘世里也有，最美的情景：那就是，在这个烟花三月，杏花、春雨还有你我，幸运地走到一起"；比春天撩人的，是一场春雨，比春雨更加撩人的，是这整整一面山坡上的杏花，忍不住心动，含泪绽放……在柳歌的世界里，春雨是滋润万物的。它的到来是给大地带来惊喜，让一切美好的向往梦想花开。还有那杏花，"杏花，让我有一点点动心；而洁白的花朵，不过是她说出来的一段段美丽的话语"。在诗人眼里，杏花是一位从天而降的美女，装扮着大地，也感动着自己。

大雪纷飞，诗人有着雪花飞舞一样的浪漫，他渴望大雪的漫天飞舞，期待一场能够涤荡心灵的雪的洗礼。在雪的意境里漫步，在雪的天空里飘荡，在大雪里举行一次圣洁的典礼，飘洒的初雪，在茫茫人海中淹没，弥漫的雪花洁净了心灵的海洋。"把心情打扫干净，等待一场初雪来临，感觉如同等一个最初恋上的人。有多少朵雪花，从天空中飘下，就会有多少的思念，种进心田暗自发芽"——在柳歌的笔下，寻常的下雪竟然是如此的浪漫多情，如此的空灵飘逸，如此的诗意盎然！

走在雪地上，体会雪的纯洁浪漫，感受雪的轻盈洒脱。诗人柳歌对雪情有独钟，在下雪的时候，他的思绪陡然打开，诗意喷涌而出：无数美妙的场景催生出无数玄妙的诗意……许多平常人只能意会而无法恰当说出来的感觉，在柳歌的诗中都可以生动而鲜明地表达出来，让人产生似曾相识又非常熟悉的感觉；仿佛只有在大雪纷飞时，诗人才能回归本真，才能找到生命的真谛，才能找到真正的诗人自己。他对雪有着特殊的情感，能在雪域光芒里看到生命的真理。他的好多诗歌，都看似简单，实际上却有着深刻的寓意。不管是出自哪种方式的表达，最终都归根在诗人灵魂的释放。诗歌有意境有灵魂，才能释放出真正的万丈光芒。柳歌对雪的描述和情景再现，表达得淋漓尽致，痛快洒脱。诗歌的魅力在于：想到了，并用想要的情景再现了诗人的灵魂塑造。诗意不是苍白无力的表白，而是通过内心的真实感悟，去体会、去领悟，去找到自己想要的洁白世界。

在柳歌的诗歌中，风雪夜归人不仅仅是一个故事，而是他诗歌情节的一种深刻的情感和倾诉。不是所有的落雪都会瞬间融化，在诗人的情感世界里，雪花在飞舞，世界一片洁白。那雪花，都是有生命力的。她们就算在冬日的暖阳中融化，也有着自己的生命和尊严。雪花飞舞时，作者的心情被飘飘洒洒的雪花感动了，而他内心生出的诗意又如雪花一般让整个世界大雪纷飞。雪花是诗歌的灵魂，是诗人内心想要的风景。不管雪花飘落到哪里，它都离不开诗人浪漫的情怀，温情的心。起风了，一地飘落的叶子，瞬间满地的金黄也是诗人想要的生命色彩。它是梦幻一样的感觉，它是春天一样的色彩。

柳歌的世界，和他的人一样，有着明媚的人生。仿佛是漫天飞舞的雪花丰富了整个冬天，或者是霏霏洒下的春雨滋润了茫茫大地，他的诗歌带给了我们如此浪漫的感觉与唯美的享受。而他的名字，正如他写过的诗一样富有意境，典雅而唯美，能让人浮想联翩。实际上，这个名字就是一首诗，一支歌，或者就是一幅春风拂柳、如烟似梦的美丽画面……仅仅看到这个名字，你的心中就会浮现出一幅幅经典的画卷：或是"不知细叶谁裁出，二月春风似剪刀"的初春意境，或是"渭城朝雨浥轻尘，客舍青青柳色新"的别离场景……柳歌的诗却让我们走进诗意的生活，走进梦里，走进我们的内心深处。诗人的心是春天的种子，播撒在大地上，经过了风雨的洗礼，发芽、开花、结果。让生命的风帆远航，能够到达诗人想要去的地方，海阔天空，自由翱翔！

柳歌的诗，是一份绿色渲染了冬天的洁白，生命之花在此绽放。读《柳歌诗选》，"走进一位诗人的内心，分享他生命的精彩。在大雁塔下，那个曾经属于李白的月亮，一下子就照亮了我的前世、今生以及来生。""多么期待一场大雪来临，与禾苗，一起藏于厚厚的雪下。安详地闭上眼睛，沉沉睡去。做一个好梦；最重要的是，要忘记那些：五颜六色的痛"——柳歌的诗歌，正是这样的一场心灵的大雪，在这个尘世间纷纷扬扬，漫天皆白，让我们暂时忘记现实世界带给我们的疼痛……

柳歌的诗和他的人一样浪漫而温情，他用自己的感觉，塑造着诗歌王国里的雪月风花。他用绽放的心情,让春天的芬芳洒落在心灵的深处。他以一朵雪花的姿势,揭开了冬天的面纱。让春姑娘从天而降,来到诗人的绿色王国,它们可以是五颜六色的花朵,可以是飞舞飘荡的雪花。不管是洁白还是绿色,都是生命力最顽强的色彩。不怕风霜雪雨,不怕严寒酷暑。

柳歌的天空,雪舞花飞,浪漫温情;柳歌的世界,绿意盎然,春色满园……

2016 年 12 月 13 日

诗心传正念，墨笔拓人生

——笑琰和他的文学艺术梦

初次见面，你会觉得这位老兄不是太爱说话，和他熟悉了，他会海阔天空地和你谈论人生与梦想。他就是诗人、书法家笑琰。

与笑琰相识，是五年前我刚到报社工作时。在渐渐的交往中，我对他的了解也在渐渐加深。

笑琰善于开拓创新，他善于深层次思考问题，每每在谈及一些客观问题的时候，他总是能拿出自己的中肯意见和观点，绝不为迎合别人而违背事实。

为文即为人，笑琰做事干脆利落，为人爽快又能明辨是非，他说这均得益于国学文化的学习。他写诗，却不执着于诗，读笑琰的诗，感觉朴实的真情在流淌，如：

《母亲的春天》："一个梦接一个梦／穿过连绵的山峰／直抵故乡的原野／一堆土一蓬葱绿的野草和花／那是母亲／我行了千里／却无法穿透大地／无法探究?一个灵魂／在黄土之下的衣食住行／她或许会像一粒种子／年年生长／／母亲啊！或许／您又在哺育这些鲜活的新芽／像以前顶着烈日／弯着腰　您把奶水／一个个给这些娃们喝／但有所不同的／您不只哺育庄稼禾苗／

而哺育更多的／是这原野里没娘的草／／母亲啊／这是您的春天／草绿　花艳。"

他是一位孝敬父母，热爱生活，对事业充满信心和正能量的人。

多年来，笑琰一直潜心研究着家乡文化之魂宝——甲骨文书法。他的甲骨文写得巧妙灵动，找他求字者络绎不绝。他除了写甲骨文，兼攻行书。在创作中，他的书法越来越有特点，有他自己的味道和风采。他的甲骨文写得醇厚入浑、雍容大度、用笔灵动，线条十分高雅。一位文艺评论家在给笑琰写的书法集评论中这样写道：

"可以说，笑琰的书法，无意炫技，绝少板滞，几乎每一幅作品，都洋溢着磊落洒脱、灵活飞动的形质和气息。毫无疑问，这与他的自由书写的诗人性情密切相关。"

笑琰的书艺是有清晰的笔墨底蕴和独具特色的。所谓的笔墨底蕴，是指书法的艺术师承和艺术功力。笑琰自中学起即开始研习书法，于二王、颜鲁公、米南宫多有涉猎，心领神会，耳濡目染，心追手摹。笑琰善于将古老的甲骨文字以丰富的线条形诸笔端，具有米南宫笔意的行书和具有金文形质的甲骨文，成了他的书法的主打书体。值得一提的是，笑琰的甲骨文书法，吸收了金文线条的柔韧和行书运笔的圆活，形成了刚柔并济、方圆兼备、动感强烈的艺术风格，称得上推陈出新。笑琰的行书，于米字的沉着痛快之外，往往会不经意地出现一种新的体势的变化，乍看起来，似有王铎行书跌宕摇曳的笔致，亦有魏碑楷书端凝拙朴的线条。这大概是因为笑琰广泛汲取、转益多师并融会贯通的缘故吧。

不管是文学还是书法艺术，他都大胆开拓，努力创新。人生需要一颗强大的心，走属于自己的路。诗文书画与事业相融，这已是笑琰的人生与生活的组成部分，他说过："历史和祖先留给了我们不少的财富，那么，作为这个时代的文人，我们不能因为日子好过了，富裕了，就没了使命感，也应担负责任，努力为后代留下一些宝贵的文化。"笑琰不是那种快言快语的人，我们常说他是慢性子，但他却往往又能抓住火候。

让我们打开设定的视角镜头，去细心品读笑琰的诗歌，去观赏笑琰的书法，去体会作者当时创作的心境，这些都是宝贵的财富和积累。用艺术去描绘灿烂的人生，用灵感去发现心的源泉，迎接美好的明天。

2013年2月5日

歌唱生命最美的遇见

——毛梦溪和他的那些歌儿

夜月一帘幽梦，春风十里柔情。幸好与你遇见，缘分千金难换。打开毛梦溪的歌词集《幸好与你遇见》，映入眼帘的是一首一首撩动人心的歌词。不难发现，作者是一位诗情画意之人，他的词意境优美，曲悦耳动听，是最美人间四月天完美的演绎。如一泓清泉，流淌在山涧，荡漾在我心深处。

毛梦溪最为经典的一首《分别别多久》，他的情感所释放的是一种荡漾心弦的旋律，歌词极富画面感。"心相知，人常聚地久天长"。这是一种天然的情怀，如仙子撒落人间的红豆，让人瞬间有了相思如梦情难舍的心境。一首好的歌词，能让人产生共鸣，感受美好与温馨。

词作者毛梦溪以前写诗歌，一次偶然的机会，一个华丽转身让诗歌转换为歌词，并以极快的速度出了很多音乐作品。文字变成歌曲，如细雨对万物的滋润，他站在不同的角度去感受生活，用人间真情抒写一部爱的赞歌。

一场在河南举行的大型"空港神韵——毛梦溪作品音乐会"，流年似水，淡墨留香。毛梦溪用优雅的情愫把自己对人生的感悟和情感抒发得淋漓尽致。他的《红袖添香》音乐专辑，《落雪的声音》是他灵感突发而成；《分别别多久》让人感受思念与分别的情真意切，像海边升起的明月，星星伴着月亮，眨着眼睛有着不舍的情缘；《做个平实爱你的人》，一份久违的心绪发出真实的声音，听他的音乐感受他诗情画意的醉梦人生。

毛梦溪的歌词让人陶醉，他在歌词里对爱的那份感觉，是一种思念，一份牵挂，一个希望对方快乐的祝福。他的情感表达，是酸，让你酸得无奈；是甜，让你甜得回味无穷；是苦，让你苦得泪流；是辣，让你辣得振奋人心。于是《幸好与你遇见》就有了牵挂，有了惦记、有了思念、激情与梦想。那是一份丝丝的柔情，悠悠无声的爱和情感。他的歌词，与你的思绪融合，看到歌词，脑海里闪现的是一首诗，是一幅画。那种情感的抒发与灵魂融为一体，人生不需要刻骨铭心的誓言，不需要海枯石烂的承诺，只需要一份温情，一份浪漫和心灵深处的牵绊。他的歌词里所展现的思想意境和爱情，是用心点点滴滴的呵护，是丝丝缕缕的人间真情，"花自飘零水自流，一种相思，两处闲愁"。

他的思想有穿透力，那些美妙绝伦的好词句，都是瞬间的灵感擦出的火花，让他内心的激情得到最美的释放。那首《你若在》："你若在梦还在，红尘滚滚也精彩"。相遇最美，缘来，我在人群中看见你，缘去，我看见你在人群中。"爱情这把泪，落花流水不相随，爱情这把泪，到底有多美？"《谢谢你让我遇见你》："在最美的年华遇到了你，在人生最美的花季，因为遇见，你的美丽似水流年。"《说不出的惊喜》："你的出现，是我生命中的彩虹，你的笑容，是我永远的心动。"毛梦溪的歌词，有着夏日里的雨丝飞扬，心灵洒满丝丝甘甜。《等你三世柔情》："相遇转身，刻骨铭心。百花丛中寻你，寻你一片芳心。"在作者眼里，遇见人遇见情遇见万物，都是一种情分。

这本歌词集是有厚重感的，像爱情的风帆在此起航，一路歌声嘹亮，漫天洒落的都是爱的芬芳，柔情在指尖流淌。看过这些歌词，聆听过这些音乐的人，感受作者是一位情感丰富的人。他将自己对人生的理解，对岁月的回望，对大自然一切美好的歌咏礼赞，都用感恩之心去描绘。此书表达最多的就是一份温情，一份浪漫和温馨的爱情故事，丰富的情感，表达似水柔情的心。

毛梦溪是"70后"诗人，两三年之内能创作出大量的文学作品，歌词二百首左右。这对一个写歌词的人，是一种巨大的挑战。他做到了，并以最美的姿势展现耀眼的灵魂。在他的朋友圈，可以看到他分享的一首首歌词做好了音乐，如同一位待嫁的姑娘，坐上了美丽的花轿，有着几分惊喜几分羞涩几分柔情。让人感慨的是，他每次发的朋友圈音乐，后边都会有自己的一些小彩段，有些是歌词里的一段美丽的文字，有些是他的瞬间灵感或者人生感悟。用心阅读会发现，这些文字如果积累起来，是一首首小诗，让人感到一种生命力的跳跃，一种洒落在人间的芬芳与美丽。他是一位热爱生活的人，飞翔的海鸥，戏水的鸳鸯，一缕清风，一段看到的文字感悟，都会成为他创作的素材和动因。他用思维和灵感，为生命燃烧着动人的旋律，为青春绽放着光芒和智慧。一首好的歌词，可以感动到让人落泪，一段凄美的爱情故事，能让读者引发共鸣而久久沉浸在故事中。心留在故事里，感受昨天的忧伤与快乐。期待美好的相遇，相信好运和惊喜会相伴。《我们在这里》，"只愿时光不老、容颜不败，每一个热爱生活的人，被岁月温柔以待。"岁月温婉，见与不见，都难止思念。

行走在云贵高原的大地上，让他对这片土地有了更深的情感。他拿起手中的笔，在激情燃烧的岁月，写出了如此多动人心弦的歌词，这是奇迹也是缘分。他的内心有着掩饰不住的人文情怀，在工作期间，他非常关注贵州留守儿童和老人的生存现状。看到空荡荡的屋子，无依无靠的老人，他心里充满了凄凉。感受农民工的辛苦，他写出了《回家的路》，有了更大的创作激情和动力。毕节一年的挂职，让他有着深刻的情感，为此他为毕节试验区创作了十几首悦耳动听的歌曲。一切都是美的释放，让人陶醉在爱的蓝天，情感洒落人间。

这也是他诗词功底的长期积累所达到的语言精准度，带给大家的完美精神享受。柔情似水的语言，展现的画面如黄果树瀑布一样让人震撼，给平淡的生活注入了新的活力。文字富有哲理，有着深刻的感召力。

倾听毛梦溪内心真实的声音，感受他的歌词诗意缠绵。用心体会去发现，就会有新的思索，展现他对生活一往情深的挚爱。这些发自内心的文字，有真情，有灵魂，诗意飞扬！

2015年9月19日

祝雪侠评论集

—

女人心灵深处的风景

——读凌寒《生活就是这样》有感

"生活，只有笑过哭过，总有机会等着你。跌倒了爬起来，一路同行，我们爱自己也爱着对方。说到底幸与不幸，不都是自找的吗？努力着，做到爱与宽恕吧！"

"婚姻之下，容不得懦弱的男女。生活只要有接受淬炼的决心和勇气，就可以守到铿锵盛开！"

读凌寒的小说，能感受到她深刻的哲理思考。这些都是建立在她对生活、对爱情、对婚姻、对生命独到的思考中，汇集了她所有的智慧与思索。凭借最大的勇气与决心，努力着，用爱与宽恕，坚守着。这也是凌寒长篇小说《生活就是这样》最为刻骨入髓的精华所在。这部小说的主人公蓝色妖姬（张蓝）是作者倾其笔墨与所有情思，凝聚成的一个鲜明的人物形象。

以蓝色妖姬的行为方式与行事准则，可以说她是芸芸众生中的一个鲜活独特的女性形象。她在社会生活中，不是一个人，而是一群人的艺术形象的聚合体。晶莹剔透又浑浊不清，可爱可佩又可畏可惧，天真的笑意掩藏着冷漠无情，出世的姿态做着入世的做派，恐惧婚姻却总想着嫁出去，嘴上说着憎恶男人却又时刻离不开男人的纠缠，等等。

这些看似矛盾的表现集中在一个女人身上，也许只有在这样一个环境中才能具备，只有网络非常发达的条件下才能实现。看似倍加矛盾的性格与行为，严丝合缝地在蓝色妖姬的生活中、爱情里散发着缕缕幽光，仿佛是星空中的磷火，闪烁着诡秘，迷人心智，惑人心神。似乎生活中所有的男人都是为她而生，她又为这些男人而生，这种共生的关系似乎无法用友情、爱情、亲情等我们熟知的情感来概括，我们不妨暂且称之为异情。正像她把自己称为蓝色妖姬一样，在众人的眼里，尤其是在众多男人的眼里，她就是一个蓝色的妖姬，得之不易，据之不幸。

也许这个时代的生活，对于一部分人就是这样，不然，我们怎么会对书中的人物感动亲切，像是左邻右舍，又像是我们自己。我们无法说清，我们是他们的影子，还是他们是我们的影子，我们是相伴相生的，没有他们，我们无法看清我们自己，没有我们他们也不会生活在文字里。生活中的我们与文字里的他们在某种程度上有着惊人的神似，我们阅读他们，他们何尝不是在盯着我们。他们在躺着的文字里站了起来，变成了我们的躯体，我们的灵魂则在冰冷与火热的文字中淬炼。

凌寒是那样的温文尔雅，随时显露出她的窈窕淑女的个性，总是让人感觉到美好处处绽放。她是一个热爱生活的人，也是一个会用心去观察和体验生活的人，所以她的作品也从内心深处让人看到不一样的风采。《生活就是这样》吸引了我，细读下去，会发现无论在人物塑造方面，还是简单平凡的细微之处，都可看到凌寒的心思细腻和对语言的把握。一个微小的细节，都能够释放一种情怀，不一样的个性色彩！

面对浮躁的生活，凌寒用自我的感觉去追随这种生活的琐碎，更让读者感受到平平淡淡才是真，真挚的情感和命运的归宿。书中梅宁宁与蓝色妖姬的对话,将故事推向一个新的高潮。本来家长里短,婆媳关系就很微妙,但凌寒用独特的语言把握了这个要点,更是将自己的特点展示得恰到好处。一个好的故事情节,能让读者产生共鸣,阳光的心理会推动一个情节的高潮,也会让人物故事更加特色鲜明。读凌寒作品,让读者有种贴近生活感受真实的享受。女人的睿智和聪慧,在故事中淋漓尽致地展现,我更认为凌寒本人就是一本耐人寻味的书籍,故事的起伏、倔强的个性、解救计划、婚礼情动、在沦陷的挣扎中纠结,以及最后的感伤到最终的原谅。凌寒将人物的环境选择和命运安排,就如凌寒自己在心境把握上一样,还原它真善美。对于故事中的情感升华,凌寒始终坚持着一个见解,那就是生活就是这样,不管发生了翻天覆地的变化,最终还是柴米油盐酱醋茶的真实。故事中的男女主人公,在经受了生活的磨炼和爱情的考验,更加珍惜生活的来之不易,更懂得了珍惜和拥有。

凌寒的小说和散文已经写了多部。她是充满阳光的人,也是多年笔耕不辍给大家带来快乐的人。我与凌寒相识在鲁院,在相处的短暂几个月中,发现凌寒是会生活、会规划自己人生的人,所以她对自己作品的定位和人物的把握也很准确。她不光在作品里将故事和人物刻画得惟妙惟肖,现实生活里,也是富有魅力与风采的优秀女性。我们在鲁院一起学习、一起逛街、一起畅谈人生、一起去拍照,感觉时光飞逝,转眼已是四年多前的事情了。她性格率真,没有娇揉造作,在相处的日子里感觉很开心。凌寒的勤奋让我敬佩,一本本著作如一泓泓清泉。她的作品不管是小说、散文还是诗歌,都十分耐读。凌寒的心态很好,遇到事情她总能往好处想,所以她的小说,不管是开始和中间多么紧张,情节多么悲惨,最后的结局总是让人看到对生活的希望和人性的善良。这也许就是凌寒作品要表达的内在心绪和思想品位,她的作品给读者更多的是思考,是对明天的期待和向往！

　　《生活就是这样》，作为书名与众不同，不管你经历了风花雪月还是岁月沧桑，生活带给你的永远都是内心深处的思考。我们可以在年轻的时候潇洒得无所顾忌，想做什么就勇敢地去面对和追求，当我们沉下心来会发现，好多事情愿望都是美好的，而现实却是残酷的。所以在文字像思想火花一样绽放的同时，我们更应该给自己新的力量和勇气，让一切要面对的事情都迎刃而解，让能燃烧的内心自由与向往都变成精神的火焰，燃烧希望，留下温暖和闪耀的精彩。

　　一本本大作的问世，凝聚了凌寒的辛苦和汗水，同时也倾注了她对自己精神世界的表达欲望。凌寒对生活的热爱和对人生的思考有自己独到的见解，这在她的作品中细细回味就会感受到。

　　生活就是这样，一切都是发生在现实中。接受现实，做个生活的强者，不必为生活的琐碎而烦恼，不必为了命运的不公而抱怨。

　　只要心向往美好，一切将会越来越好。

祝雪侠评论集

2015年6月6日

在高处迎着海啸缓行

——读王国伟诗集《神话》

山西人杰地灵，文化底蕴深厚。一方水土养一方人，山西人亦如"都说山西好风光"。与王国伟相识，缘于鲁迅文学院的鲁十九高研班。在鲁院学习的日子，觉得王国伟不光诗写得好，做人也有他独特的魅力！他总是那么绅士，去帮助身边的同学。在学校社会实践活动中，他喜欢摄影，为不少同学留下珍贵的记忆。

王国伟为人如他的诗歌一样，性格真挚率真。他对诗歌的感觉都是发自内心的真情告白；更注重诗歌本身所要表达的真善美，就如他内心的蓝天和白云，纯净而美妙如梦如幻。他已出版多部著作，评论集《云心乃水》，诗集《神话》，散文集《故城》，电影剧本《浴血雁门关》获得山西省优秀文艺作品奖。

在他的诗歌中，可以让读者感受到诗人的洒脱和情怀。他用诗歌的语言，将自己的个性表达得淋漓尽致。在作品中，他比较含蓄，在做事中，他比较谦虚低调。他给人更多的是幽默，能说出让大家开怀一笑的话语，幽默的语言如闪耀的光环，能给别人美好的感触。他的形象很像风靡世界的鸟叔，在鲁院文艺汇演中，他和几位女同学一起表演了这个角色，非常精彩可爱至极，给大家留下深刻而难忘的美好回忆。

友情的天空，蓝天白云的见证下，让历史记住了这些美好。今天我想把对同学点点滴滴的记忆，像夏日雨丝，洒在心灵珍贵的角落。王国伟的诗歌浪漫而温情，和他的心胸一样宽阔。他的诗集《神话》倾注了浪漫情怀，留下了让读者回味的诗情画意！他的文字幽默而温暖，像清澈小溪，流淌着甘甜，给人内心深处以滋润。

《神话》，如名字一样充满着神奇魅力，他的境界和思想让人有更多的想象空间。这是一部诗集，是一个神话，是作者内心的真情播撒。

面对生活赐予我们的神圣，内心深处或多或少都会涌现一丝丝的波澜。从王国伟的诗歌中，我们能体会到他对诗歌语言的字斟句酌，对诗歌情感的细腻处理。表达的方式上，也有自己独到的见解。诗人有一颗浪漫的心，温情的梦，在现实与梦幻之间穿越时空，用真情抒写人生，给予自己诗歌灵魂的羽翼，让它展翅高飞。不是每个诗人都如此表达，不是每首诗歌都能让人内心产生共鸣。"在高处迎着海啸缓行"，是我对这部诗集的整体感觉，他不畏风暴在前行，迎着海啸在缓行，有着高度和含蓄，让人读来回味无穷，意犹未尽。

我们领略了诗人的风采，在他的世界里，没有虚虚假假的情愫，一切都发生在心灵深处。美在这里是一首动听的歌谣，歌声里能让人感受到阳光明媚和晴空万里。《神话》这本诗集的名字起得很好，热爱诗歌，喜欢用文字表达的人，其实内心向往一种神奇，能让自己的心灵释放梦幻，向往美丽。《神话》走进了我们的视野，《神话》也会注入心灵的大海，碧波荡漾。王国伟的诗集对这个《神话》的定位贴切，对诗意生活的感觉，都如神话一样，如梦如幻！

　　一切喧哗终将寂寞，剩下的将是记忆中历久弥新的神话。王国伟的诗歌从《神话》开始了在高处迎着海啸缓行的斑驳轨迹。日影锁着"蓝色血液"，月光"震颤了深渊中的绿水"，"在柳枝的抽打下凝结成紫衣"，"空气中溅起的涟漪"，"在梦呓的歌唱中摆渡到月牙泉摆渡到天边"，"这正是我最痛彻的唯一的眷恋"。深情的吟唱中，透着诗人心中的种种纠结与缠绵悱恻。

　　与诗集同名的诗作《神话》既是整部诗集的压卷之作，也是压轴之戏，把诗情从风平浪静的海滩推向了波峰浪谷，激流中没有一丝喘息的机会，仿佛滚滚雷霆自天边而来，在半空中炸响，惊呆了地上的行人。思绪将诗丝抽出，精美地编织、前尘的壮烈、今生的蜉蝣、来世的祈念。所有的经历、所有的想象、所有的记挂，随着《悬崖上的薰衣草》演绎出一曲鸿蒙初开的一次次追问。每一个问题中都蕴含着答案，爱与恨、苦与甜、悲与喜、真实与虚无、隐藏与曝光、永恒与瞬间，无始无终，循环往复。

　　诗歌最为神秘的直抒胸臆，使得我们可以平心静气地走进一个人的内心世界，无法掩饰，也无需掩饰。诗歌从最本色的吟咏中反映出诗人的思考与焦虑。"城市的成长／如欲望一样／不可遏制／通向天堂／通向地狱。"这一断言"如魔咒"在繁华的都市中，在世人的耳畔响起，每个人都在"寻找猎物或被猎物寻找"，"在没有迷失的迷失之中"彷徨。

　　随着改革开放拥入城市的乡村子弟，用自己的青春换取的多是迷茫。人生如梦，在梦幻里我们可以为所欲为地去做超人的自己，但面对现实，我们要找回失落的自己，把生活的真谛探求。放下一切心结，去挣脱命运的牵绊，过自己想要的生活。把心灵的火把点燃，让漫天星火照耀璀璨的人生，让放飞的梦想在希望的田野上歌唱。诗歌可以净化心灵，可以让内心在激情绽放之后增添几分宁静与甜美。如眨着眼睛的星星，它是精灵给予我们美丽的夜晚。把本该拥有的天伦之乐赌在与自己语言和习俗无法融化的雾霾中，把"生命悬丝于奢侈"，倾其所有，倾其所能，倾其所没有，倾其所不能，与时尚与流行周旋。泪水已经成为奢侈品的一部分，不再属于自己的心情。一张张嘴都在寻找倾诉的对象，一双双耳朵似张实合，再也没有了高山流水的千古知音。文字不再从一颗寂寞的心抵达另一颗孤独的心，"无蕊之花"迷失、忧伤、凋零、枯萎，在某年某月某一天，"将花瓣拾起又放在我的心头"，欲望变得更加彻底和永恒。

诗人的自信是建立在对于人生，对于人性的认知上，"我知道，一切将继续，我将继续进入你的领地"，唯有诗歌是心灵的芳草地，也唯有诗人能够带领我们去寻找心中的那片茂盛的草原，在那里才能感受到诗人的春天——目光深邃，云蒸霞蔚，柔情蜜意。

《一个人的襄阳》《没有爱人的假面舞会》《幽篁》等虽说是作者"穿金庸小说人物杨过、顺治等人的'马甲'时的临屏戏作"，却足以彰显当下人的内心深处，在虚拟时空的穿越中，我思故我在的一种生存姿态。现实中的所作所为，所思所想，何者为虚，何者为实，恐怕没有几个能看透分清；雾里看花，水中望月的反倒比比皆是；孰是孰非，孰轻孰重，自己都无法知晓，更何况指指点点的外人？

王国伟在编织一个诗歌的神话，有些疑问，更多的是自信："天知道，他要做什么／手执吴钩，将日月吹成号角"。"宇宙如此洪荒，谁将抓起最后的白纸／记录天地间永恒的秘密"。（《诗

人的追逐》)

　　唯有聆听自然箫声的诗人，能在诗歌的节奏与旋律中，凭着仅存的激情唱响永恒的诗意，谱写"相思树"讲述的"神话"。

2013 年 4 月 16 日

月光下的雪域藏香

——读史映红诗集《在西藏的月光下徜徉》

有幸随着史映红《遥指苍穹》《叩问群山》，在明净的月光下领略雪域高原，"见证你亿万年沧桑／不屑喧嚣／不合同流／不媚不弃／不卑不亢"，翼翼然想要振翅高飞。仁者乐山，智者乐水，在山水之上还有冰封，似流动而凝固，在一片寂静中悄然融化，千年雪水在潺潺中流过万重山。正是在这山水之间孕育了这部诗集，美好记忆与甜美的形象涌现。

诗人用最深情的笔触，献给《纳木错》崇高神圣的敬礼："谁将一泓古老的传说／遗失在喜马拉雅山之巅／谁将一泓遥远的心事／存放在珠穆朗玛的臂弯／谁用一颗冰清玉洁的心／千年万年／守望苍凉的雪山。"这其实是一首历代守卫这片净土，具有大无畏精神和一往无前情操的战士的真实写照。唯有高原军人能够体味到"苍穹的深邃，皓月的圣洁"，在茫茫无际的雪山上，在苍凉孤寂的月光下，他们用无比的坚毅谱写无限的忠诚，以自身的别离换取社会的安康。

"深爱的拉萨河"清澈、明亮、晶莹、甘甜、美丽；雅鲁藏布江"永远保持冲锋的姿势"，永不回首，永不低头，永不屈服；"镶嵌在日光城上的明珠""雪域高原上的王冠"，布达拉宫"是人们心中至尊的圣殿";唐蕃古道"一千三百多年的厚重时光／演绎了多少悲壮荡气回肠";西藏的山、西藏的天、西藏的歌、西藏的阳光、拉萨的雨……全部熔铸在清淡雅致、飘逸幽香、如梦如幻、宁静祥和的藏香中。这部诗集也在这一首首激情四溢的歌咏中，根植在读者的心中，一如凝成了千年晶莹的雪，一如照耀了亿万年明亮的月。

在月下，在雪中，苍凉的林芝巨柏，从灞桥走来的唐柳，"一树繁花、一树干渴、一树美艳 一树苍凉"的胡杨，"一株株 一蓬蓬 一丛丛"在挫折中拼死抗争的骆驼刺，"以冰刀为邻，霜剑为伍"的红柳，"总如雪山般沉稳"的牦牛，羞涩淳朴的卓玛，以"脆响的皮鞭作笔／欢腾的羊群为墨／广袤的草场当纸"的牧羊老人，穿云踏浪的藏族飞行员，"踏上海拔八千米的高度／把自己融入地球之巅"的广大援藏干部等，诗人总能以别样的情怀抒情状物，把军旅的生涯巧妙地与歌咏的对象融为一体，使人如临其境、如闻其声，时时被激情的"时而深情、时而优美、时而苍茫、时而婉转、时而忧伤"吟唱所感染。

诗歌成就的高低与诗人的阅历有着天然的关联，能有幸在那一脉净土中生活的人是幸福的，更是幸运的，史映红就是其中的一员。更为有幸的是他有着自己独特的感受，并且能把自己的精神在诗意的催化下，与西藏的一切融为一体，寻觅到一脉相通的路径，从而诞生了一首首美妙的诗歌。

诗意的栖息几乎成了诗人最高追求与梦幻的境界，成了可遇不可求的理想净土，史映红在西藏的生活可以很形象地作为诗意生存的一种典范，值得我们在节奏与韵律中感受他的内心世界。

2013年4月21日

李桂秋和她的《铁杉之问》

　　人性的美好在于发现。与李桂秋相识，是在七年前第一届"中国作家新创作论坛"上。从陌生到熟悉，我们成了好朋友、好姐妹。通过了解这位女诗人的作品，更坚定了我们的友谊和信念——《铁杉之问》的作者竟是一位坚强而睿智的女人，外柔内刚的个性，在她作品中展现得淋漓尽致！

　　读着她的诗，如看到夜晚的星空在内心闪烁，如温暖洒满人间。诗的字里行间都在诉说着她那诗意的生命及对生活的挚爱。

　　面对困难，她不是男人，却比男人内心更加强大——坦然从容，无所畏惧；在我心里，她是真正的女汉子，不光字写得龙飞凤舞，诗更是洒脱飘逸，豪气满怀充满了正能量，给人励志和向上的动力。

　　她的作品有强大的穿透力，有大爱无疆的境界。她不是慈善家，却乐做善事，帮助别人。不读她的作品，是无法感受到她内心的博大和诗情画意，更无法感知她对文学的热爱和自己的诗意人生！

　　李桂秋是有30多年教学经验的高中语文教师，有28年带班经验的班主任。她教学方法创新有特色，三尺讲台是她展演和传授知识的舞台；她带的班有不少迷途的孩子重新回到课堂；她对人有爱心，人性化的教学和严慈相济的管理深受家长及学生的赞赏，被评为省优秀班主任，市优秀教师、优秀党员。多年来她信奉：正人先正己，教书先育人。现已是桃李满天下，很多学生至今不忘她曾经的教诲。

李桂秋不仅在创作中充满了豪情，教学中充满激情，待人充满温情，而且她对文明的祈盼文学的痴迷和陶醉，让她找回真正的自己。她的诗歌大气磅礴而有厚重感，文字在她笔下生花，《铁杉之问》更是豪气冲天，犹如她对人的真诚、善良和淳朴。

她自幼喜欢文学，曾经写过很多作品：散文、诗歌、小说、杂文、论文；翻译过古代诗文；有很多作品获奖并发表在多家报刊。她从年轻时就一直从事传统文化及传统哲学的研究和推广，曾经与人合著出版大道哲学《变化之道》，独立出版哲理长诗《铁杉之问》一到六部分；正在完稿和整理的有《时间之波》（合著）、《铁杉之问诗解》《铁杉之问7-9》；哲理散文集《处处无家处处家》《李桂秋论文集》等。

《铁杉之问》是诗人的得意之作，也是她多年耗尽心血精心打磨出的精品大作。她的诗歌里展示了对人生的感悟情怀，对人类文明的追索，对世界和平的祈盼，对大千宇宙的探索，对花草树木的热爱。为了这部作品，她让自己真正地走进了忘我的境界。

她把作品精心地呵护和打磨。从文字里体现了作者广博的知识，大爱无疆的心境，仗义与豪爽的个性，整体的人生价值观。她浓缩了精华，为了生命之树更加璀璨，为了生命的延续，为了诗歌艺术更加完美。她用种种发问的形式，直抒胸臆的书写，开启心灵深处的光芒。

开始读《铁杉之问》，你也许认为是出自男人的手笔，细细品读，你会发现其坚强生命中女性的柔美、细腻与刚毅、豪气并存，有心灵的掌声和鲜花。因为她的诗歌体现的是活灵活现的生命和思想，是人生的多姿多彩。这样的语言不好把握，李桂秋却做到了。读者欣赏意味悠长的《铁杉之问》，犹如看到城里的月光，让很多人迷醉，也让很多人找到了自然律动生命的芳香。大道若水，诗性如水，诗人的思想与灵感碰撞出的火花会绚烂无比。

李桂秋是那样的谦虚而善良，处处都会为朋友着想。她心灵手巧，兴趣爱好广泛，手工编织惟妙惟肖，甚是惹人喜爱。初识她感觉没有什么特别，多次接触和了解方知她有如此之多的兴趣爱好和鲜明的个性特征，如她的诗歌一样，更让我发自内心地喜欢这位大姐姐。

经历是人生最大的财富，如唐僧师徒西天取经，经历了九九八十一难，最终修成正果，功德圆满。李桂秋女士多年来，从事创作始终如一，坚持梦想始终如一。她在文学的路上一直很勤奋，多年来笔耕不辍写了如此多的作品，她一直认为更满意的在后边。她对自己有信心，坚信只要努力，梦想就会开花，良好的心态来自她面对挫折的勇气和毅力。

文学路漫漫，在枯燥的创作中坚守需要信念！有些人选择了坚持，有些人选择了放弃，放弃很容易，坚持却是要付出更多的艰辛。面对创作的困惑和迷茫，李桂秋知识渊博，懂得去调整心态，更懂得如何养生，她对困难永不言败，决不放弃的精神让我心生敬佩。作家是拿作品说话的，虽然她的写作还没有达到她自己想要企及的高度，但她从来是只问耕耘不问收获。付出就有回报，只要努力，始终无怨无悔。

李桂秋朴实无华，和大家相处总是那么轻松愉悦，尽自己所能帮助别人，更给身边的朋友带来了阳光般的温暖，帮助别人也不求回报，别人感谢，她总是腼腆地笑笑说，这没什么。

每逢节假日，桂秋大姐千里之外的短信总是准时发来，让你感受到她扑面而来的温暖和友情。人生得一知己足矣，这样推心置腹能设身处地为朋友着想的人难能可贵，我会用心去珍惜这份友情和缘分。

作品是她的心声，她在用自己的色彩编织着文学梦，中国梦！她心里的梦很甜很阳光很温暖，所以和她接触你感觉不到她的忧愁。她说要把快乐带给朋友，忧伤留在心底。读她作品满满的都是浩然正气，没有矫揉造作，没有虚情假意。

她的《铁杉之问》不是单纯的写一个事物，一个思想，而是凝聚着作者心血的一部全方位的作品，从方方面面都展现了作者的从容洒脱，作为一个作家的灵魂，在绽放迷人的光彩。她用自己独特的语言在解读，在抛洒一颗赤子之心，那颤动而跳跃的激情与青春。

从作品中，我们能感到作者的内心在呼唤，在燃烧激情与梦想，热爱文学的心，像天女散花一样播种美好。让脚下这片土地在作者热爱中产生巨大能量，她用饱满的激情，让文字飞扬！思绪在天空飘荡，爱心、善意如春雨滋润大地。作者在文字里呼唤，用生命和热血诠释文明的醒思，生命之源、宇宙之根、迷人的光彩在她的诗文深处和希望之光中绽放，让心中的雪花漫天飞舞，让思想的天空飘落出智慧，让艺术的青春在广袤天地间礼赞祖国的大好山河，人生的荡气回肠，命运的千回百转，生命的顽强不屈。《诗是文明的醒思》这是一篇她写给一本诗集的序言，也是桂秋大姐对诗意人生的诠释吧。

不管风吹雨打，花儿依旧绽放；不论春夏秋冬，艺术永葆青春；不计时间雕刻，诗心生命永恒。一份很纯的情谊在文字中流淌，如一泓清泉，让人感受到内心的甘甜和清凉，清爽而惬意。

2013年12月7日

倾听心灵花开的声音

音乐能给人带来快乐，也能让人忘记烦恼和忧愁。喜欢歌唱的人，是热爱生活的人。歌唱使人充满了活力，让生命燃烧着岁月的激情。一首好歌，可以让人陶醉在梦幻王国里，能谱曲又能歌唱的人，更是让人心生敬佩！让我们走进作家、歌唱家、词曲作家刘素军的内心世界，倾听心灵花开的声音……

几年前，在朋友的引荐下，认识了刘素军。简单的交流，印象并不是太深刻，但感知到这位词曲作家对生活的热爱，对人生的美好向往和追求。

他兴趣爱好广泛，工作之余致力于各种学习研究。1996年开始研究周易、梅花易数和姓名学。喜欢声乐、民族器乐，曾多次在市、县业余歌手大赛中获奖。

他爱好歌曲创作（作词、谱曲），先后创作和合作创作各类歌曲近百首，部分作品在国家、省、市级报刊、网络发表并获奖。创作旧体诗词、新诗、散文、随笔、小小说、人物通讯和新闻报道等各类作品千余篇，发表数百篇，诗词作品发表于《中华诗词》《诗词月刊》《燕赵诗词》等刊物，入选《世界汉诗年鉴》《当代中国诗词精选》等诗词集，著有诗词集《清歌雅韵》。

他喜欢以文会友，历任中华诗词论坛"燕赵风骨"版主、中国诗词文学论坛"西北诗潮"版主、中国诗联论坛版主、联雨文风版主，现为中华诗词学会会员、河北省作家协会会员、河北省诗词学会会员、河北省音协音乐文学委员会会员、邢台市诗词协会理事、临城县音乐家协会主席、《山荆》诗刊副主编、《华夏文学》（会员报）常务理事。他有军人的风采，文人的修养，做事雷厉风行，工作认真细致，做人充满了智慧和幽默风趣。

刘素军帮助朋友从来都是竭尽全力。在认识他不久，我把自己写的几首歌词给他看，刘素军老兄真是神速，很快就谱好了曲子，并自己范唱。最后才知道刘老师放下手里的活，竟然在一天之内就完成。他在范唱中反复追求完美，将自己的嗓子都唱哑了。我写的《作家报之歌》，刘素军谱好了曲子，香港的赖民仲老师和黄仲旋老师，两位热爱《作家报》的热心读者竟然给了我支持，将此歌制作出来。刘素军更是让我由衷地感动，他默默无闻地只做无名英雄，将我写的歌词自己谱曲并找人制作了出来。我写了几十首歌词，在与刘素军的合作中让我的内心感受到了阳光般的温暖。

刘素军不光才华横溢，他的思想和人格魅力更受欢迎。他不光写了几本书，出了古体诗的书，还写了很多对联，有些还获得了大奖。天生一副好嗓子的他，声音悦耳动听很有磁性。心态阳光的他，总是用友好和善意对待身边的每一位朋友。与他交往你没有压力，满满的都是正能量。当你感觉困惑和迷茫时，听听他制作出的《绿岭之歌》，一泓清泉在心中流淌，那欢快而饱满的激情让你忘记岁月沧桑。动人的歌唱，歌词情思兼备扣人心弦。刘素军浑身充满了热情，不管说话还是做事都精神饱满，充满了激情和对生命的敬畏。

刘素军为我谱曲制作了《心里的阳光》。他把这归属于励志

祝雪侠评论集

疗伤的歌。它如同一缕阳光照进阴郁的心房，使人豁然开朗。

　　他是热爱艺术的人，将自己的人生洒满了艺术的光辉。写作是他的一大爱好，作词、谱曲、范唱等他都能够潇洒自如地完成，并不断地创新和学习，在这样的感觉中陶醉。他写的不仅仅是歌词，也是对生命的礼赞，更是在用愉悦的心情为生命之光铸就美丽的光环。刘素军乐意助人，他总是拿出百分的热情和千分的努力，尽自己所能去帮助别人，却从来不求回报，因为心中有一份热爱。他的生活充满了诗情画意，为人耿直，做事雷厉风行，说话像绅士，温文尔雅。

　　他用饱满的激情，抒写直抵人心的歌谣。洒脱的人连走路都带有几分飘逸，刘素军就是这样一位活在感觉中的人。他像清风一缕，总能给别人带来春天的美好，创作中他常常投入得忘了自己，用动听的旋律唱出绚丽的风采。他犹如矗立在丛林中的小白杨，郁郁挺拔，乐观向上。读了刘素军的作品，被这位诗人词曲作家所打动，他的生活如此洒脱，像雄鹰在广阔的蓝天中自由翱翔。他侠骨柔肠，意气风发。

　　他曾是军人，有着战士钢铁般的意志，部队的洗礼让他做任何事情都精益求精。他的文学修养来自不断地学习和积累，他是一位真正的诗人。做事耐心细致入微，干一行爱一行，只要认可的事情，就全力以赴去完成。他在朋友圈有好人缘，在妻子眼里是模范丈夫，在孩子眼里是好父亲。能帮助别人是他最大的快乐。看着他对生活的热爱，对文学的痴迷，感受到刘素军是一位性情中人。

　　激情与梦想让生命之花依旧灿烂。与刘素军的相识，让我感受到了爱心无限，体会到了诗意人生。听着他的歌曲，放飞的心情在感觉中升华。风和日丽的天空白云飘，人生需要一颗有梦想的心。刘素军在创作中进入状态时，会忘了一切。陶醉在自己的歌声中，健身、创作、感受生活的美好！"海到无边天作岸，山登绝顶我为峰。"刘素军一直用忘我的状态在超越自我。寻找生命最美的风景，攀越心灵最高的山峰。即使没有人为你鼓掌，也要优雅地谢幕，感谢自己的真情付出。他的飘逸洒脱正是生命最美的情怀，至高的境界。

用歌唱的语言给自己开一扇乐观的窗户，让生命中的幸福明朗一些。在创作中我们感受一辈子不长，用心甘情愿的态度，过随遇而安的生活。在多年的创作中，刘素军把日子过成了诗，简单而精致！

创作改变了生活，歌唱点亮了心灵、闪光了人生，那是一泓清泉流淌在心灵深处，这个春天过得喜庆吉祥，那是内心深处的清澈与甘甜！

为生命歌唱，智慧人生是放下一切，感受生活中的美好，我心飞扬丝丝清爽，倾听心灵花开的声音……

2014年5月8日

赵国培的文学梦

阳光心态，可以愉悦心情，让一切事物变得更加美好。诗意人生，可以净化心灵，为生命绽放迷人的光彩。

读中国作协会员、北京诗人赵国培的诗作，从内心感受到春天般的温暖，领略到夏日中的雨丝飞扬。认识赵国培，首先被他做人的真诚和热情所感动。两年前，在一次京城的文学活动中结识赵国培，会后并没有什么交往。只知道他是土生土长的北京人，"老三届"最末一届，未接受过太多的系统教育。他吃过大苦却未遭过大难，小有成就却从未辉煌。先农民，后工人，再从商。20世纪90年代初至今，供职媒体从事文字检查工作，间或为一些出版单位审读稿件，把正式付印前的最后一关，亦就是出版人俗称的"捉字虫"，雅号为"媒体啄木鸟"。六十出头了，仍"退而不休"。据说已故大学问家、散文名家、人称"文坛老旋风"的张中行老先生八十多岁时，依然被人民教育出版社聘用，为中小学语文课本所做的，也正是这一项工作。和这位可敬前辈一样，赵国培大到中心思想、主题意义，小到行文规范、标点符号，事无巨细，一丝不苟，严防死守，为纯洁祖国语言文字而任劳任怨、尽心竭力。也知道赵国培发表作品已有四十个年头，长长短短一千余篇，不仅有诗，也有小小说、散文、随笔、歌词、报告文学等，虽然大多短小，却生活气息浓郁，情感充沛动人，受到诗坛大家张志民先生及许多读者的赞许。而让我印象深刻的记忆，还是几个月前，我想在中国诗歌网做一个北京专题，需要把北京十六个区作协的重要诗人，做一个全面展示。我熟悉一些区，但有些区还是需要朋友引荐，来为大家做好这件公益事情。我知道赵国培人脉广，口碑佳，便给他打了电话。他让我别挂电话，当即用另一部手机，找到我需要联络的区作协负责人。并广而告之，告诉对方我要为大家做一件大好事。过些天，还很热心地追问我进展如何，告诉我需要什么帮助尽管直言。随后，有朋友小聚，又几次见到赵国培，感慨他做事的雷厉风行。

热爱文学，喜欢写作，他出过散文小小说集《另一种风景》，诗集《第一串脚印》《两种颜色》《万千气象》……

几十年，他像勤劳的蜜蜂，一直为他的热爱不懈地努力。可以想象，他工作认真敬业，业余时间勤奋耕耘，那一本本书都来自他的辛劳。退休后，因为他的为人处事和在文学编辑方面的优势，被不少单位聘用，继续着本行工作——文字审读，并被海淀区文联邀请担任《稻香湖》诗歌季刊的执行主编。他对每一件事情，都用热忱的态度和积极的行动去完成。不管事情大小，在他眼里，都认真对待。他赢得了大家的信任，有着好人缘。大家喜欢与这样的朋友交往。

他热爱诗歌，有着自己独特的风采。我曾欣赏到他全身心投入、绘声绘色的朗诵。他的创作来自真实的生活经历，以及心灵深处那份深刻的感悟。

赵国培为人低调，他在朋友圈是被大家公认的热心肠、重情义。六十出头的他，心态依然年轻。他善于学习，短信、微信用起来通畅无比。从思想到行动，一直追赶时代新潮流。他帮助过很多朋友，当别人要感谢他时，他总是腼腆地笑笑，说小事一桩、不足挂齿。

赵国培是对文字有心的人。他把自己发表过的作品，以及报纸刊物曾经评论、介绍过他的文字，都精心地剪贴、收藏，有的已经有三四十年的历史了。不管是抒情的精美短诗，还是歌咏礼赞的朗诵长篇，都来自他对生活的挚爱与感悟。他不光写了很多诗歌，也写了不少散文，还不时进行小说创作。无论是面对过去的恶劣环境，还是如今的温馨生活，难能可贵的是，赵国培一直保留一颗诗心，在人生的道路上奋勇前行，风雨无阻。在他个人收集的资料中，历史的痕迹诉说着一位诗人在文学道路上的努力，还有他在大大小小许多报纸杂志刊发作品和获奖的消息。这些都是历史的足迹、美好的回忆。我看到其中一页泛黄的剪报，上面醒目的题目是：《售书郎当上了"大作家"》，时间是二十多年前，南京市《扬子晚报》"文摘"栏目转发的一则短讯，介绍了当时作为个体工商户的他被北京作协接纳为会员。这在当年可是件新鲜事。而至今，他已经发表作品千余篇了。今天的他依然保持积极向上的心态。这样坚定的信念和执着的精神，让人心生敬佩。

在文学的道路上，赵国培洒下辛勤的汗水，留下一串串坚实的脚印。他的朴实无华，真实的文字让人感动……

一首好歌可以震撼人心流传久远，一首好诗可以让人久久回味，无法忘怀……

他有着一颗坦荡的诗心，有着满腔火热的情怀！祝福诗人的文学道路山高水长，风景无限！

赵国培的文学之路依然神圣，他的一颗诗心晶莹永恒！

2015 年 7 月 14 日

生命最美的风景

认识老乡董发亮，并了解到他对文学的执着和热爱。多年来他倾注了自己的热情和心血，从基层一路走来，无怨无悔。与他相处，你能感受到这位作家内心深处，有着一股陕西人的豪气与爽朗，更能感受到西北汉子的热情与淳朴。

读董发亮的作品，首先被他的真诚所打动。他从事文学工作多年，始终将自己的梦想和文学联系在一起。他办事更是雷厉风行。当年在领导岗位上的他为人谦虚谨慎，做事处处为朋友着想。他的豪情与才气让他拥有好人缘，因此他有着很好的口碑。董发亮不光发展好自己的事业，更注重亲情和友情。他的真情实感，对人生的深刻感悟及拳拳赤子之心，化作他创作的灵感和源泉。他用满腔热情，为商洛的文坛振兴贡献自己的热能。

我与董发亮以前只是电话联系过，两个月前的相见让我对他有了深刻的认识。他做了十几年的商洛市宣传部长，多年的文联主席，为当地的经济文化发展做出了贡献。董发亮为人低调，做事周全细致，总能为别人考虑。"我只想带来一片绿叶，大地却给了我整个春天"。这是董发亮一篇散文佳作里的一句精彩的话，更是他创作众多作品的初衷。董发亮说话面带微笑，让人有着一见如故的感觉，因此让我更感觉到老乡的亲切。

只问耕耘不问收获，却收获了很多。"为了写好序言，为了当好一片绿叶，我读了不少名家序文，从中获得许多有益的借鉴。许多精湛的序文，对作者进行了精彩的赞评，对作品进行了理性的提升，引导读者进入了一个高级审美境界"。作者有着一种善于发现美和创造美的心境，在他眼里，一切事物都那么美好。所以他笔下的作品都是美好的意境，让人感受到一种积极向上振奋人心的力量。

"为人作序，犹如为红花映衬一片绿叶，而要当好一片绿叶，不但要有付出奉献精神，还要不断地汲纳营养，不断地壮大成长。这样，才能在不断充实自我中也不断地奉献吐出芬芳。"董发亮正是有着这种绿叶般的情怀，才让生命之花绽放得更绚丽，让内心的那片绿荫亲近清凉。有了绿色的滋养，生命之树更长青。"想着母亲捡给我的绿叶，想着岳母讲给我那个感人的绿叶故事，绿叶的情结在学生时代已成为我生命的永远。"一片绿叶的情结，在作者心中永恒，也让他对自己的人生总是充满了希望！"无论当制药厂厂长，还是当电影公司经理，绿叶情结一直伴随自己左右。担任市文联主席，这个情结更有了爱的归属和升华。"董发亮的人生精彩丰富，他为自己的热爱愿意做一片绿叶，将花朵映衬得更加美艳。"如何使绿的芬芳带来果的飘香。'花的事业是尊贵的，果实的事业是甜美的'，而叶的事业是默默无闻的。"董发亮用自己的人生诠释着生命之美，生命最美的风景，就是永远做一片绿叶，做最有益开心的事情！

董发亮不光热爱文学，还会识谱歌唱。他的散文通俗易懂，读了让人感受到心灵的纯美与清净深远。诗歌更是表达了他内心的那股山泉清澈而甘甜。他的歌词唱出自己热爱家乡热爱生命的喜悦。他拍摄美丽的商洛山，山好水好人更好。好山水培育出了他。陕西文化底蕴深厚，人杰地灵，更孕育出更多优秀的作家。在他的镜头下更是山水如画，人在画中游。看到他拍摄出的作品被制作成挂历，让你看了有种想"到此一游"的冲动。《商洛山》那首歌更是表达了作者对自己家乡的热爱和对生命的礼赞！

在他眼里，商洛处处是风景，美无处不在。感动时刻荡漾在他心间，才有了更加透彻清晰的美好人生。在他眼里曾经走过的悠悠岁月，是内心深处的真情。从年轻到如今走过的人生路漫漫，更是他生命征程中最重要最珍贵的感触。董发亮的人格魅力让他有着好的人脉，歌词也是表达他内心深处动听的心声。

董发亮和我说话很少谈到自己，而是希望通过自己的视角和努力，让更多的商洛作家有机会走出去，写出更多更好的作品来回报社会，为美丽的人生增光添彩。

一个人可以做一时的绿叶，而董发亮有着始终如一的绿叶情怀。在他眼里有希望是幸福的，幸福就是让他身边的朋友们都感受到快乐，有所付出是一种责任，更是一种幸福。

生命最美的风景绽放在这里，他是一片绿叶，是一泓清泉，这样的朋友值得我们去珍惜和拥有，值得敬佩。生命最美的风景，在我心永恒。

2014年5月9日

你是我永恒的春天

——读赵美红《时光的声音》有感

人的一生，最大的快乐是做自己喜欢的事情。因为热爱，生命变得充满活力，因为喜欢，一切都是醉人的春天。在感觉里一切变得更有诗情画意。十年磨一剑，在岁月的长河中，我们有太多的期许，有太多的追求和人生向往。在赵美红诗集《时光的声音》出版之际，我受作者之邀，很高兴为此书作序。

赵美红对诗歌有着独特的理解："言为心声，诗歌作为语言的最高表现形式，既要表现语言的丰富内涵，又要体现一种诗意的流畅，诗歌创作不只抒发自我内心，还要对现实，以传统文化为根基，多角度去写。崇尚自然，植根于生活，寓古于今，呼唤人们对真善美的追求，才是它存在的意义。"

她的诗歌文笔细腻，语言干净清澈。在她诗作的字里行间，融合了美的千山万水及对人生的思考，对缘分的珍惜，对友情的呵护，对亲人对朋友的深情厚谊。不难看出，赵美红是一位情感细腻的女人，诗歌所体现的文笔是淑女的风范，在她的作品中，对春天的喜爱之情表达得酣畅淋漓，对色彩的感悟，对美好的憧憬，对未来的感慨凝聚在她的千呼万唤中。

一位怀旧的人，她的诗歌体现她的个性与风格。喜欢文学，并为之而默默抒写着自己的文学梦，山水情。在她的眼里处处皆风景，她是才思敏捷的人，又是多愁善感的人。诗歌在她的笔下带着几分灵气。她的语言把握得唯美，她用时光的声音见证了梦幻一样的色彩，花环一样闪耀的人生。她将自己的感觉和思考，用美妙的构思呈现在作品里，那曾经的风花雪月，那春天的色彩不是绽放，而是深深地刻画在诗人的脑海里。她如一泓清泉，甘甜清澈，让人感受到涓涓细流的自由和洒脱。青山绿水的热衷，是少女羞涩的柔情，她的心灵深处，为自己的作品埋下一颗种子，辛勤耕耘，生根发芽开出美丽的花朵，在浇灌的辛劳中已硕果累累。不管春夏秋冬，她已经历了岁月的严寒与酷暑，经历了风吹雨打，已是枝繁叶茂。在命运的齿轮中她唱着不朽的歌谣，在相思风雨中感悟生命的璀璨与烂漫。诗人在作品里所表达的高度和想法，就是让自己的梦想早日开花，她把作品当作自己的孩子在细心呵护。孩子长大了，要给她自由，给她生命里需要的阳光和雨露，她的芬芳给了春天美丽的绽放。

在时光的声音中穿越，曾经的天很蓝，曾经的梦很甜。她是梦里那个散花的仙女，她要将美好洒向人间，让四季如春，处处洒满爱的阳光和迷人的芳香。在诗人的眼里，大地从来都是绿意盎然，生命从来都是永远青春，人生有了激情与渴望，没有什么不可以。诗人虽满怀羞涩，但作品所表达的意念和情感却是愉悦的。她看到触景生情的事物，都会用心地去记录下美好的瞬间，这种美的释放是纯天然的绿色海洋。没有污染，燃烧的激情在文字中跳舞，在生命中歌唱。

在春天的脚步里，春之声给人带来了喜悦之情，春的序曲旋律悠扬。在不经意间春天来到，《春的写意》《春天的情愫》掀开了春姑娘美丽的面纱，轻柔而浪漫，温情而惬意。春雨给大地带来了勃勃生机，花开的声音惊醒了约定。二月，《以一株桃花的姿势进入春天》，在花开有约的时节，聆听《四月的鸟鸣》。最美的花期已被错过，把理想怒放成花朵，窗外的鸟鸣把耳朵叫醒，花朵在梦中倾听它的笛声。《春天的情愫》是风的翅膀沾满花香，是最美的人间四月天。春天的气息将我迷惑，春的声音淹没了花海。《我想对一片雪花大声说出爱》，"心语也漫天飞舞，一片片雪花托起前世与今生"。路有多长，父亲的爱有多长，《父亲的爱在路上》，经过了岁月的历练，慈祥依然幽香如初，父亲的爱如涓涓细流，在人生的路上缓缓流淌。《海之恋》，那是梦里的蔚蓝，那是精神的梦境。对她的解读是梦幻一样的色彩。今生和你一起走过，《你是世界上最美的一首诗》，原来《前世的你是今生的我》，"所以我们在前世的一切，被时间打上深深的烙印，雕刻成今生的我，似曾相识的灵犀，漫过三生石畔，揭开薄如蝉翼的面纱"。《思念是一首看不见的诗》，"一半是你，另一半是我"。最美的相遇，《爱你不仅一生一世》。在夏日的清晨，喜欢一场雨的到来，夏天的诗夏天的绿夏天的那支恋曲打动了我的心弦。《种一片生命的绿》给自己，可以养眼灵动整个春天。《以一棵树的姿势》舒展身姿，"时光从旋转的摩天轮上慢下来"。

　　"退回到一朵白莲的内心，一颗圣洁的心给云朵，你把忧伤堆满天空，阳光被蒙住双眼。"诗人对亲情的真切呼唤和不舍之爱，无论走多远，母亲永远在诗人的心里。《聆听九月》，是最美的时刻，九月是季节里最浪漫的时节。时光的声音有雨声、风声浪花声、声声不息。《雨中听荷》，"烟雨轻拨相思的琴弦，风在一朵花里含笑"，在雨中倾听花开的声音，"风的舞姿如此轻盈，在一盏清茶中品味悠然"。一百八十六首诗歌，表达了诗人的心声。

让我们给春天一身华丽的服装，让美在此色彩斑斓；让我们给生命一次最美的旅行，天涯海角拥抱大自然的风光旖旎；让我们给梦想一双美丽的羽翼，让他展翅翱翔；诗人在自己的园子里种满了四季如春，洒满了美丽芬芳。在诗歌的海洋里随风飘荡，那里是梦幻的色彩，生命的浅唱。你是雾里看花，你是千言万语，你是梦想花开。诗人的情怀就是内心轻盈，诗人的心灵洒满了阳光。

在时光的声音里，你是我永恒的春天！

2015 年 3 月 22 日

文学路上的竹乡人

江南水乡美景如画，来到安吉中南百草原，更领略了这梦幻
一样的王国。一方水土养一方人。初次来浙江湖州安吉，是作家
汪群牵头组织的文学笔会。在竹子的摇曳中我深深地喜欢上了这
片土地，更想将这江南的美景刻画在心里，而这一切也缘于江南
水乡给我们带来心灵的绿荫。

汪群，笔名羊君，浙江安吉人，就职于安吉县广播电视台，
中国作家协会会员，现为安吉县作家协会主席。

中南百草原给作家们留下了深刻而美好的回忆，汪群更是让
我们由衷地感激。初次相识就感受到江南人的精心和体贴入微，
他把会议落实得很全面，让我们一切都无后顾之忧。在安吉的几
天，感受到汪群人好，更领略了他为人的真诚和做事的细致。他
不光为人直率，还设身处地为朋友着想。会议那几天，让我们体
会当地人发自内心的真诚。

竹子洗心润肺，在两次百草原活动中，我已深深爱上了这
片竹海，喜欢上了这美丽的江南水乡。安吉的竹子让作家们在
天然的氧吧享受这美好的时刻，安吉的竹海给了我们翠绿的世
界，眼前的美景让人陶醉而流连忘返。我们在竹海中仿佛穿越
了整个世纪。看那百草原的风光旖旎，享受这湿润的土地带给

我们心灵深处的呼吸，那片翠绿仿佛是人间四月天的美景，好像走在云端，看那白云深处是否有人家，想象仙境的画面就在眼前，此刻忘记了一切。汪群第二次组织的活动，让我记忆犹新。那舞台那美景那场竹子宴，让我们吸收了最珍贵的营养精华。每天都是竹子宴丰盛的大餐，绚烂的风景，善良的人们。汪群感慨还照顾得不周，我们已觉得幸福像花儿一样绽放。

　　汪群为人低调，做事认真，为文更是一丝不苟。写作是他的精神世界，在文学的道路上他已有了不小的成绩。他的创作主要是散文和诗歌。我读了他的散文，感受到作者内心很纯净，没有娇揉造作的华而不实，读他的作品，你会感受到蓝天一样的情怀，干净、清澈而悠远。他对自己家乡的热爱，对自己事业和写作的追求，更使他像个追梦人生路上的行者。他的作品体现了他的人生价值观，还有他对这片热土的深刻情感。他对写作的体会是：有了灵感会抒发出自己的情感，没有灵感一个字不想动。作品透露了他的心声，也表达了他对文学的热爱和不懈的追求！

　　赠人玫瑰，手留余香！在安吉的几天我们都感受到了这种友情的珍贵。安吉再聚，更体会到他的盛情。在追梦人生的道路上，他的诗歌如他的人一样温文尔雅，有时候还有些羞羞答答。在酒桌上以为很能喝酒的他，原来刚喝酒就会脸红。后来才知道，原来喝酒脸红的人不是没有酒量，而是身体里缺乏一种解酒的酶，虽不能喝酒，但朋友来了就高兴，还是在他的身上体现得很明显。

　　品读他的作品，"风儿在窃笑"，幽默俏皮，充满了阳光的心态。他的想象力丰富，所以连风儿都在他的思想中变得活泼而有生命力。"蝴蝶"他想到了梁山伯与祝英台，用这样的故事穿插在诗歌中显得灵动。从秋寻知了中认识善良，在乡村夜话中感悟秋雨，推开房门的一刹那，看到了灵芝塔的眼睛。走过竹乡春雪，期盼对桑的赞美。金黄的麦子，让他看到了丰收的喜庆。他是有感召力的作家，这些美景人物，在他的笔下都是多姿多彩的世界。在诗人的眼里，一切事物都是美好的。他将这些凝集成自己的佳作，用诗歌的形式表达出他对人生的追求，对生活的热爱，对大地母亲的一往情深。一路走来，事业蒸蒸日上的追求与探索，在困惑与迷茫之间开启了人生的智慧。

作家不光要写出好的作品，还要让自己的作品会说话，说出感动人心、发自肺腑的真情实感。他的作品和他本人都有火一样的热情，让激情在峥嵘岁月中燃烧。

江南的山好水好人更好，我们划着小舟，在碧波荡漾中唱着那童年的歌谣。想象自己青春醉人的模样，一幅感人的画面在眼前闪耀，那是作家的一颗心。在热爱文学的道路上，如小蜜蜂一样勤劳，有了灵感你就写，有了激情你就唱。创作是枯燥的，也是作者在内心给自己一份惬意的精神大餐。我们在写作时陶醉。在追梦的路上，我们不是忘了风吹的方向，而是如风筝飘荡在空中，看到给大家养眼的风景，将愿望放飞在蓝天。不怕路途遥远，我们有了目标就会锲而不舍地继续前行。

汪群的好人缘，来自他的付出和坦然从容的心态。阳光洒在你身上，温暖留在我心底。从他的作品中能体会到一位作家的忘我追求，在创作中忘了自己，跟随着自己的影子和灵感在奔跑。喜欢竹海，在翠绿的竹林中人是那么渺小，而竹子却是万古长青。

江南才子的追梦人生，在这里穿越。唱一曲高山流水，表达内心对江南水乡的挚爱，举杯抒写人生的豪迈。

2014年8月15日

刘一清和他的文学梦

　　文学是一份热爱，是美丽的梦想，是故乡那首不老的歌谣。在心情低落的时候，能给心灵一份宁静，一份悠远。如夏日的雨丝飞扬，丝丝清凉，能洗涤心灵的忧伤，带来内心的清爽。

　　每个人都有自己的人生梦想和追求，趁着年轻，或大或小地拼一拼，或多或少地搏一搏。在作家刘一清的心里，他的爱好是写作，他从小热爱文学，多年来笔耕不辍，将自己的热爱用温暖的文字，轻轻地表达。刘一清为人耿直，认识他六七年了，在我组织的第一届中国作家新创作论坛上，他给我留下了深刻的印象，他的作品，更是表达了男子汉的赤子情怀。

　　刘一清的笔下，触碰的都是身边真实的人和事，他将生活中的美好，都记录了下来。心有灵感的时候，他会在办公室大家休息之际，静静地写作。用文字表达自己的情感，用淳朴的语言，传递一份作家的温情。他的文字干净利落，和他的人一样。他笔下的人物和故事，流淌在你的心底，如那泓潺潺流淌的山泉，清澈而甘甜。如那迷人的秋天，看着漫山遍野都是五彩的世界，但在心灵深处，那是基层走出来的作家，对文学的一份情有独钟。

　　他热爱家乡，用自己真实的语言表达真切的声音。刘一清注重亲情，对母亲的那份深沉的爱，对父亲那份真挚的情感，在他的散文里都有血有肉，让人读之心受感动，万分感慨。这是人性最美的情怀。一个女人什么都可以没有，不能没有善良；一个男人什么都可以没有，不能没有责任与担当。在刘一清的眼里，他是喜欢写作的人，要走入生活中，去体验生活，发出心灵深处的心声，去表达自己对人生的热爱。

刘一清参观了梅园新村，瞻仰了我们敬爱的周总理铜像。前辈们的精神令人鼓舞，梅园的景观令人叫绝。作者在《梅园礼赞》中想表达，梅园不是一般的观光地，他是一代伟人的象征。梅园精神简言之就是周恩来精神。《游夫子庙》，当然情景不同心灵感悟不同。在此书中，有游记散文，家乡神韵，通讯记叙，说长道短等，作者将自己的心情用文字的记叙方式来表达。他游长江三峡，游青天河，在游记散文中将自己的所见所闻，和心灵感悟都真切生动地表达了出来。《家乡神韵》，父子情深大爱在心灵深处，山里的孩子真切感人。《通讯记叙》，讲述了他的本职工作中的一些真实体会和素材的挖掘。对于这个工作上的题材，他更是发自内心地去塑造一个真实的背影，去打开一个心灵的笔记，娓娓道来。将自己母亲的故事和模范精神写得细致入微，让人读来心存感动。

母亲的伟大，是善良的心和坚毅的品格，让三儿四女七个孩子，人生有了方向和目标。母亲的精神影响了他，作者作为老大，为有这样伟大的母亲而深感骄傲和自豪。母亲的慈爱，父亲的为人，让孩子们受益匪浅，成为孩子们人生的灯塔和精神导航。

走到海角天涯，母亲是心中永恒的牵挂。母亲的精神指引，让作者感觉到生命的美丽，热爱文学的满腔热情更加深刻。用淳朴的语言发出心灵深处的呼唤，母亲是一首不老的歌。母亲是孩子心灵最柔软的心房，最温暖的圣土，对母亲我们有说不完的话，念不完的牵挂。

父亲是真性情，给了自己一颗强大的心。在父亲的心里，孩子们健康平安是福气。为了孩子们，他愿多辛苦；为了孩子们儿时的记忆，他不顾自己的身体不好和年迈，为了他心中的儿女们能够常回家看看，看到家乡的亲切，感受家乡血浓于水的情真意切。

热爱自己的家乡，他的心里有着怀乡的情愫，他在用自己手中的笔，抒写自己对母亲的思念，对父亲的疼爱，对家乡的情感。故乡的山水在笔下都是风景如画。

刘一清小说也好，散文也罢，塑造的都是真正鲜活的形象。他对作品投入的时候可爱得像个孩子，内心深处是温柔的声音。刘一清的文学梦是一份热爱和追求。

人生需要执着，还有一种态度叫洒脱。有些路很远，走下去会很累，可是不走又觉得很后悔。对于自己的文学路，探索与努力的过程中他是投入的，也是快乐的。

让我们荡起心灵的双桨，在文学的湖泊里小船儿迎风歌唱，溅出生命美丽的浪花。文学是心灵的一扇窗户，是一种缘分和归宿。任何时候，写作都是热爱文学的人心灵最柔软而温存的方式。

打开心扉，敞开胸怀拥抱温暖的阳光，为梦想起航。

2014年3月14日

诗情画意绘人生

——评中国实力派画家姜成刚

　　与姜成刚相识于几年前的一次诗友聚会，被他创作出的作品所震撼。他自幼酷爱画画，几十年如一日辛勤耕耘。用他的智慧和勤奋，为艺术奉献了一幅幅栩栩如生的画作。姜成刚为人谦虚谨慎，在艺术造诣上与众不同。

　　十年磨一剑，几十年的艰苦创作经历，姜成刚形成了他自己的画风。他因自己对艺术的热爱，洒下了多少勤劳的汗水。他虽是山东大汉，却心思细腻，作品中他的个性和风采也体现出意境悠远。他的作品中人物的姿态、眼神和色彩都凝聚在他的千呼万唤中。他是怀旧的画家，擅长画历史人物，那些人物的神态在他的笔下生花，且带有几分特有的灵气，眼神也会说话。他又是唯美主义者，在思考与感觉中行走，用美妙的构思将灵感刻画在作品中。灵感来了可以不休息，一气呵成画出很多作品。艺术家的风采，与生命的璀璨和艺术的厚重感，在他的画作中尽情体现。

　　穿越时空的岁月长河中，他的作品所表达出的意境和情感也比较有特色。内心所释放的灵感，更是燃烧着他对创作的激情。他喜欢陶冶情操，感受更多的创作元素。他的画所释放出来的感觉，可以灵动整个春天。在四季的表情里，他将整个历史人物的特征、表情、个性、风采把握得惟妙惟肖。他喜欢感受大自然的美妙，天然的氧吧里，汲取他创作的源泉。在创作中感受历史文化人物的伟大，在雨中倾听一朵玫瑰花开的声音，给历史人物穿上华丽的服饰，飘逸洒脱，感受到他们的浩然正气，天马行空和正义凛然。给他们穿上羽翼，让他们展翅翱翔。在画家的笔下无所不能荡气回肠，他的心灵洒满了七彩阳光，创作中也能感受到万丈光芒。

姜成刚的得意作品有寿星、十八罗汉、钟馗、赤兔马、关公等这些非常有特色的历史文化符号。每一幅作品都是他精心打磨的精品，他精益求精的态度，让他在艺术的道路上走得更远。他很少去刻意宣传自己，别人夸他作品好，他常常是腼腆一笑，说喜欢就好。他把精力都用在提高创作水平上，他的侠肝义胆英雄风范，来自他有着扎实的武术基本功，他的画作潇洒也来自他的气魄。作品透露出几分军人的威力，作品构图心思细腻天马行空，所以绘画在他的笔下龙飞凤舞。其实每一幅作品不只是画人物，画家也是在画心中的自己，在画自己心中那圣洁的净土和艺术人生。

不管是威力无比的关公，还是铿锵有力的罗汉。叱咤风云的赤兔马、还是善良仁慈的观音菩萨，都在姜成刚的笔下尽展风采。他的文化修养与艺术情操巧妙结合，他的艺术功力让人陶醉而震撼。姜成刚是个性洒脱的山东大汉，曾经做过领导人的贴身护卫。空手劈砖，真正的硬功夫，可以一人轻而易举拿下三五个硬汉。对于养生，他更有自己独到的见解和真本领。他的功夫让人震撼，他的画如其人。从部队转业后的他，又重新将儿时的绘画梦想实现。武术的真功夫和扎实的绘画天赋，完美地结合在一起。

多年的辛苦创作才有今日的大丰收，姜成刚在美术界赢得了很好的口碑。作品多次参加各种重要展赛，并获得很多荣誉和奖项。多幅作品分别被韩国、日本、中国台湾和香港等国家和地区友人收藏。出版有《当代实力派画家——姜成刚中国画集》《姜成刚写生作品选》等。他是实力派的画家，有着让人无可阻挡的魅力。曾经去过他的家里，看到十八罗汉图在宽阔的客厅展开时，我们在场的人无不震撼。罗汉一个个精神抖擞、神采飞扬，形态如此逼真而灵动。满屋都弥漫着笔墨飘香，仿佛瞬间远离喧闹，让浮躁的心灵得到宁静。

姜成刚的主打作品《平安是福》，画中一位和蔼可亲、慈祥的老者双手合十，仿佛在说平安是福。让人内心有一种安全感，看到此画，就多了一份平安与宁静。

《老子出关》也是姜成刚众多得意作品之一。画面上的老子骑着青牛，仿佛从天而降。画家对人物的表情、眼神、姿态和整体构图都很有创意。大肚子的《弥勒佛》更是让人为之会心一笑，人间烦恼和忧愁全部忘掉。他是给人间带来快乐和美好的使者，所以笑口常开，烦恼全都抛到九霄云外。《关公赤兔马》中威武霸气的关公，双手挥舞着偃月刀，为天下众生保佑平安。这些历史和传说中的人物，被姜成刚刻画得栩栩如生令人震撼。

姜成刚讲起自己的人生经历和创作有些激动，眼睛泪光闪闪，自豪地说，他从小就从母亲的身上得到绘画的指导和遗传。他在追求完美的过程中，精益求精，打造了自己个人的品牌和艺术品格。他为人更是谦虚谨慎，从来不炫耀自己。他说作为一个画家，是要拿作品说话的，画好每一幅画，就是他最大的快乐和心愿。热爱艺术追求艺术的道路虽然充满艰辛，他的作品就是最好最美的声音，就是对他在艺术道路上的辛苦和追求的回报。

人因梦想而伟大。祝愿姜成刚的艺术生涯精彩绽放，创作出更多更好的得意巨作。也祝愿他梦想早日实现，收获更多的奇迹！

2013年9月1日

牡丹花开，富贵情怀

——赏读周殿胜作品有感

牡丹雍容华贵，让无数人为之倾倒。在著名国画家周殿胜的笔下，牡丹更是天香富贵，国色情怀。我与周殿胜相识于几年前的一次书画笔会，对他在国画方面的造诣和创作心生敬佩，更感慨那些让人喜爱的诸多国画作品，都来自他的妙笔生花。

周殿胜祖籍是素有"牡丹之乡"的山东菏泽，他和牡丹似乎有着特殊的情感，天然的联系。他还是扮演周恩来总理的特型演员，早年毕业于山西大学法律系，现在主攻写意绘画，之前的作品几乎都是工笔花鸟。他得益于郭味蕖、崔子范、郭石夫、张世简等名师的悉心指导，画艺有明显长进。后来在工笔花鸟的探索方面影响很大，曾在空军部队书画创作室有9年艺术创作经历。现任中国美术家协会会员，国务院文化部乡土艺术协会文化产业部部长、中国国画艺术书画执行院院长、中国将军部长书画院艺术研究院秘书长、中国保护消费者基金会打假工作委员会副主任、中国花鸟画研究院名誉院长、中国板桥书画艺术顾问等社会职务，做了大量的慈善活动，被中国互联网中心评为"艺术慈善家"。

周殿胜作为国画家，他的作品被大家所认可。走进他在北京朝阳周家井的画室，首先被眼前墙壁的一幅丈二的百寿图所震撼。九十枚寿桃和六只仙鹤，象征着长寿和健康与和平。这是周殿胜为庆祝建党九十周年，用了一个月的时间精心绘制的一幅巨画，神圣而庄严，洒脱而飘逸。来画院拜访他的不少朋友，都愿意在此拍照留念，留下美好的瞬间。他有两个工作室，我去的是其中之一，画室的布置简约而精致，让人有无限的想象空间。特别是走近窗户，站在窗前向远方眺望，眼前是一幅城市鸟瞰图，一座座高楼大厦在蓝天白云的映衬下尽收眼底。望着窗外的风景，顿感眼前一望无际，养眼的画面清新的空气，在打开窗户的瞬间就会扑面而来。

《长寿图》的桃子带着丰收的喜庆，非常惹人喜爱，看着就想咬一口，美美地饱餐一顿。画里的仙鹤如刚从窗外悄悄飞来，轻盈地落在画面中栩栩如生。还有硕果累累的《荔枝图》，两只飞鸟在阳光的照耀下飞来飞去，它们被眼前压弯腰的荔枝所吸引，久久不愿离去。"映日荷花别样红"，周殿胜号一荷，他擅长画荷花，婀娜摇曳的荷花在微风的轻拂下展示夏日的风采。那一池映红了脸颊的荷花，出淤泥而不染，清新悦目，引来无数的蜜蜂和蝴蝶。好一幅《荷花别样红》。《秋实图》中篮子里的葡萄色彩诱人，水汪汪的大眼睛在展示自己的魅力。牡丹、荷花、葡萄、荔枝、寿桃、骆驼、仙鹤等极具鲜明色彩与活力的花鸟，加上周殿胜的妙笔生花，更描绘出一幅丰收喜庆祥和的景象，五颜六色的画面呈现出富贵吉祥。

打开周殿胜的《国画欣赏》画册，映入眼帘的是形态各异的牡丹，在春天里享受着春风的洗礼。各种色彩给人养眼陶醉的风景，喜庆的画面尽展魅力。牡丹的不同神态描绘得如真花在绽放，美不胜收，色彩渲染搭配得恰如其分，画面很鲜活，春风里荡漾的牡丹竞相怒放。牡丹给人间带来了富贵吉祥。《冠映图》里两只公鸡的鸡冠格外抢眼，身上的鸡毛更是一根根格外灵动。两只鸳鸯在水塘里让人想起《只羡鸳鸯不羡仙》的画面，荷花尽情地绽放，两只鸳鸯在水里嬉戏，它们仿佛是一对神仙眷侣，边游玩边观赏岸上惊奇的游人。松鹤延年，蟠桃献寿。形态各异的古装《美人图》，神采奕奕，有的在观赏荷花，有的在色彩鲜艳的牡丹旁手摇扇子休息；突然间一位仙女从天而降，她长得闭月羞花，手托着带有牡丹的花盘，腾云驾雾般，这种仙境似的画面让人浮想联翩。古装美女的造型在周殿胜的笔下活灵活现，眼神也充满了让人怜香惜玉的感觉。虽是仙女，我们无忧无虑，但我们也眷恋人世间的情感与繁华。古装美女不同着装闪亮登场，长发飘飘，神态饱满，气质优雅而高贵。有些穿着不同款式的服装，在荷塘里舒展身姿，有的在梅花前爱不释手，有的在仙境中嫦娥奔月。秋千上有位美女佳人在等待自己的白马王子，有些浪漫带有几分羞涩，有些雾里看花，可爱至极，真是如梦的画面美轮美奂。一只燕子追随，瞬间从天而降的仙女神态典雅，秀美的面颊，丰满的身材俏皮可爱。

　　周殿胜的画，让我体会别样的风采，色彩的冲击力给人美的享受。去年五月安吉中南百草园活动中，周殿胜扮演周恩来，他上台娓娓道来，眉宇间有着英姿飒爽的豪气。我作为主持人，看到他扮演的周总理获得满堂喝彩而深感荣幸。

　　周殿胜在饭桌上很是健谈，照顾着身边的每位朋友。他将自己的想法付诸行动，用智慧的大脑、勤劳的双手去实现人生的价值，一幅幅大大小小的画都是他的精品杰作。他有个原则，送朋友一定要画最好的，给别人一定要对方满意的。他对自己的严格要求，使得他的每幅画都别有特色。从小热爱书画的他，陶醉在这样的感觉中，画画是周殿胜一生不懈的追求。他在努力大胆创新和实践，让他的作品开出更加多姿多彩的艺术之花。画家不光是画作品，更是在作品中用花鸟虫鱼和人物的形象，表达自己的情感。

周殿胜为人坦荡，有着山东人的气魄，画笔在他的手里挥洒自如。一幅小画，在我们的眼前五六分钟搞定。几次小聚，感受他的豪气冲天。在饭桌上还是在生活中，他总是谦虚而低调，他对荷花情有独钟，对牡丹倾心打造，对自己更是充满了信心。

周殿胜的人缘好来自他从不吝啬，对朋友也是竭尽全力给予帮助。他用灵巧的双手，画出一幅幅蓝图，给生活洒满了爱的阳光。他的慈善行动与事迹，感动着身边的朋友。周殿胜的思想是活跃的，想象力是丰富的，他那双智慧灵巧的手，将创作出更多精品。

2014年8月7日

绽放生命最美的情怀

——赏读高学仁国画有感

牡丹花开，雍容华贵、国色天香、富贵满堂。让人流连忘返，让人为之倾倒。在花的海洋里，那是生命最美的绽放。高学仁先生的作品，清新典雅，大气恢弘。眼前春暖花开，小桥流水，到处都洋溢着春天的喜悦。

高学仁的人品、画品，都值得让人尊敬而感佩。在他的笔下，花儿鸟儿都活灵活现地跃然纸上。他的画极富感染力，画风更是别具一格，色彩鲜明有着独特的魅力和风采。他为人和善，对朋友真诚，做事更是谦虚谨慎，每个细节都在追求完美的基础上到达更高的艺术境界。

高学仁的艺术造诣，不光展现在画中，更渗透在他温文尔雅的骨子里。一位有思想的艺术家，将自己热爱的事业做好，并倾注自己全部的心血去打磨和发挥，那么他的艺术就有了灵魂，他的作品也带着高雅和灵气。

他虽年逾古稀，但精神状态好，懂得养生保健，让自己处在健康创作的状态中。他的生命充满活力，他对艺术的执着追求，始终与时俱进。因为一份热爱，在他的眼里，生活到处都是美好的事物，他把这一切绘成一幅幅生动的画面。

高学仁1939年出生在北京，是一名共产党员。现为中国书画家联谊会会员，擅长国画山水及花鸟，作品被多家媒体刊发、推介。他的作品被国内外多家单位和个人收藏。

他热心公益事业，为公益活动作画经常废寝忘食甚至通宵达旦，多次参加赈灾、助残活动，在社区里热心为居民服务，出板报、写横幅、书写春联。在积极投身绘画艺术的同时，对篆（小篆）、隶、草、行、楷等多种字体的书法也颇有造诣，部分书法作品被编入大型书画集。他还擅长诗歌、词赋、谱曲、演唱以及钢琴、电子琴等多种乐器的演奏，具有丰富的文化底蕴。他性格热情开朗，平易近人。

高学仁的书法作品洒脱大气，他的小楷更是娟秀玲珑，这需要相当的艺术修养和功力。他在创作时会很快进入角色，达到忘我的艺术境界。他画的《春到漓江》，美不胜收，画面中的美景如身临其境让人陶醉。在《松鹤延年》图中，八只白鹤在松间翩翩起舞，展示自己美丽婀娜的身姿，意境活灵活现。在《十里荷香》中，夏天的荷花亭亭玉立，在微风中迎风招展，摇曳着迷人的色彩，荷花美丽馨香，出淤泥而不染，一池荷花争相怒放，好一个迷人的夏天。《硕果累累》里，一串串葡萄熟了，诱人的葡萄飘香，让人在享受丰收的喜悦。《春满乾坤》是为庆祝中国共产党建党90周年而作，铁骨峥峥的枝干、气势磅礴的构图和绚丽明亮的色彩，让人眼前风光无限，浓郁的梅香扑鼻而来，宏伟壮观的画面，讴歌民族精神和党的丰功伟绩。

他在构图和色彩方面都有着自己独到的见解和认知，对待每一幅作品，力求完美，精益求精。

画家不光是在创作，也是在将自己心中的感觉永恒驻留，给内心增添一份喜悦，一份美好，一张到达心灵彼岸的船票。一幅好的作品，能给人灵感的源泉，如汩汩山泉在心中缓缓地流淌，清澈而见底。每个人对画的意境理解各有不同，而高先生的画，却赢得了无数观赏者的赞誉。

热爱是生命最美的掌声，追求是人生最美的境界。那五颜六色的色彩中，蜜蜂陶醉了不想离开，让观赏的游人更是流连忘返，仿佛身临其境。那些花儿好像是鲜活的，有着声音和情感，它们灿烂绽放。只为这人间最美的瞬间，永恒在这美丽的画面里。画中的牡丹有少女的羞涩和柔情，有着王者的风范，拨动人们的心弦。

他对生活充满激情，他的画也充满活力。好的画是作者内心真实的呐喊，是作者心灵美的瞬间，是风雨过后那道最美的彩虹，让人领略最佳的意境。

高学仁对艺术的执着追求和热爱，让他内心充满了美好和愉悦。他用手中的智慧之笔，描绘出最美人间四月天，丁香花沁入心扉的馨香，海棠的妖媚桃花的艳丽，他让百花园中的花儿绽放得五彩缤纷。

他的画秀美雅气，如他的个人品格一样品位高雅。他的画是在描绘热爱生活，热爱生命，对艺术充满无限憧憬的自己。一幅好画，能给人带来好的心情，让生活充满了温馨，让生命充满了活力。今天我们走进画家的内心世界，会发现他们的心底有着对艺术的不懈追求和执着的精神，坚毅的品格和人格魅力。

让我们敞开胸怀拥抱这迷人的春天，让我们打开心扉迎接这绿色的洗礼。春天，是一首唱不完的歌，在高学仁笔下，绽放着生命最美的瞬间。品赏他的画作，如高山流水，更如一坛陈年老酒，甘甜而醇香。

高学仁将艺术的忘我境界发挥得恰如其分，祝愿他的艺术之路，像鲲鹏展翅翱翔蓝天，创作出更好的作品，让艺术绽放永恒的光芒！

　　　　　　　　　　　　2014年6月3日

书道诗韵雅天下

"70后"的书法家陈文轩，挥毫泼墨，吟诗作赋让人看了别有特色。看着性格温和的他，唱起歌来那可是变了另一个人，音乐响起点燃了激情，快速进入了角色。

读懂一个书法家不容易，读懂一个诗人更需体会他作品的真谛。从陈文轩的作品中，我看到了一位优秀的书法家和诗人。

陈文轩从小热爱书法，凭着自己的热爱和执着精神，脚踏实地，一步一个脚印走到今天，他早已是中国书法家协会会员。这位"70后"书法家、诗人在得天独厚的山东地域将他的书法进行到底。他有着不少的头衔，但从内心来讲，他还是挚爱他的书法事业，致力于他所热衷的书法艺术。

他不光写书法，信手拈来就是一首诗，并出了两本书法著作和一些文学作品。看到陈文轩写的百草原诗歌，正如他本人的风格，大气有个性，并有着细腻的文笔和穿透力。

陈文轩有些内秀，但朴实无华的语言能看出他的淳朴。他醉心翰墨，喜欢品茶及佛学文化，还喜欢收藏老墨古砚黑陶等，也喜欢倾听古琴演奏。目前的生活状态为写字临帖，读书绘画品茶，健身访友。他话语不多，但只要说出来就幽默有趣。同行驱车赶往浙江安吉的路上，十个多小时的车程是我第一次挑战乘车时长的极限。以前只要坐长途汽车超过五个小时，就晕得不行，但这次人多，又是男女搭配，说说笑笑不知不觉已到达。

活动中，晚会上大家尽兴卡拉OK，我们一起K歌，他的歌声很是抒情，怎么也看不出是他唱的，而且还唱得相当有感觉。用心再品他的书法，从他的书法的深厚功力，从写字的气宇轩昂，从他下笔如有神的胸有成竹，看出他坚毅和执着的个性。

陈文轩快递给我的书法作品和两本著作，让我看到，与众不同的他，一步步走向成功的不易，看到了一个对梦想孜孜不倦、锲而不舍的书法家。

2015年8月9日

我的儿子杨东澄

时光飞逝，从结婚那天到现在，一晃已过十九年。转眼儿子已上大一。一切都是最好的安排。儿子，你是上天赐给爸爸妈妈最好的礼物。从你出生到现在，你在妈妈的脑海里，都是一个乖巧懂事的好儿子。你从小就很聪明懂事，对人充满了友好与真诚。在你的眼里，世界万物都是有生命而美好的，像你小时候和妈妈说的，玩具都跑到哪里去了。妈妈惹你不高兴，你说要去超市买一个新妈妈。还有六岁时我说要跟你分居，你非常不情愿，然后和我理论说爸爸都这么大的人了，为什么不把他先分居。那些童声童气还有那些调皮可爱的表情，都深刻地印在了妈妈的脑海里。每当想起这些，妈妈心里都充满了温暖与感动！

妈妈在你小时候因为办学校，每天有忙不完的事情。为了把学校办好，妈妈对你照顾太少，而你却很勇敢很坚强，一直对妈妈没有怨言，始终如一地支持妈妈。每当想起这些，妈妈心里充满了愧疚，因为妈妈感觉那时候对学生付出的，都比照顾你要多。转眼你长大了，你上小学，妈妈跑来北京进修学习。因为一份对文学的热爱，妈妈举家北迁，你和你爸爸为了支持妈妈的文学事业，一起来北漂。在北京读书的日子，你经常不让我们接送，自己一个人和同学结伴回家，这让妈妈觉得你是一个真正的小男子汉。

转眼你长大了，高考临近，妈妈不能帮你做什么，只能在心里为你加油鼓劲！高三是特别辛苦的一年，妈妈看到你的疲惫你的辛苦，真的很心疼你。学习的辛苦是最让人煎熬的，这样的日子不仅仅是证明你的成绩，更重要的是通过高考证明你又一次的成长了！寒窗苦读十二年，加上幼儿园三年，十五年孜孜以求的汗水浇灌着你的辛苦、你的努力、你的成熟、你的坚持，还有你对自己的信任。从小学、初中、高中几个学习阶段里，妈妈是你成长、进步、疑惑、叛逆到自我调整、自我认识的第一个见证人，也是第一个为你的成长进步，充满了急切和喜悦的人。妈妈的灵魂里，记录着你每一次的成功、每一次的温暖、每一次的坚定。

时光荏苒如白驹过隙，再有几个月你就十八岁了，十八岁意味着你已成年，进入独立思考和担当责任的年华。在班里你最小，但人虽小志向大，不愿服输的你坚韧不拔地将你进步的脚印一直上升到极佳状态。善良懂事的你用古道柔肠安慰着疼爱你的亲人和师长，你一直是我们的骄傲和自豪！

儿子！你一天天地长大，你的笑容总是引出妈妈更加灿烂的笑容。你的快乐是妈妈最关心的；善良淳朴的你是自信勇敢的，你面对难题一定要解决掉的样子，多像一名指挥员啊！你成长的顺利与否是妈妈最关注的；你是可以面对一切的侠客和勇士，妈妈在陪伴你一起成长的过程中对这些深信不疑，但是妈妈真的心疼你。当每天看着你刻苦学习的身影，妈妈真的好心疼，又无能为力帮你去分担什么。爸爸妈妈因为家庭的琐事和工作的忙碌，可能疏于对你的关心，爸爸妈妈因为生活不得不去奔波，可能做得没有到位。很欣慰的是这些年来，你已懂得生命的可贵、生活的艰辛、家庭和谐的重要，能很好地与爸妈交流。你能轻松地与爸妈谈笑风生，和爸妈成为至交成为朋友，想到这些，好欣慰啊！

儿子！你八岁自己学会了弹钢琴。记得有一次周末带你去金源时代购物商场玩，你看见钢琴爱不释手。别的小朋友在弹，你说自己试试，结果一首《梦中的婚礼》飘荡在我们的耳畔。当时爸爸妈妈好惊喜，儿子什么时候学会了弹钢琴，我们完全不知道。记得你九岁的时候，自己创作了一首曲子。妈妈惊讶万分的时候，你却害羞地说，贝多芬是八岁开始谱曲的，你还晚一年。妈妈给你买了钢琴，随着学习任务的忙碌，你没有太多的时间去忙音乐，但你喜欢唱歌，你的声音很好听，唱得也很准。你唱歌的时候就像一个真正的歌手，完全陶醉在自己的世界里。在音乐的世界里，你是属于自己的，那种身心的自由令人羡慕。有时，你好久都陶醉在钢琴琴键上，我们陶醉在你弹奏的乐曲中；你陶醉在你的歌唱里，我们陶醉在你的歌声中。那些如水的音乐给了你多少愉悦我们无法计算，从你成长的足迹里，我们体会到了你的快乐！

你成长的每一步都让妈妈很开心，感谢儿子给我们带来的幸福感、温暖感、喜悦感及对不周之处的宽容和谅解。你很心疼妈妈，自从你上了初中以后，只要和妈妈出门，你总是帮我拿包包，怕我累着。任何时候出门坐车，只要有一个座位，你很绅士，总是要让妈妈坐下来，你疼爱妈妈的心，经常感动得我热泪盈眶。你的成长经历，点点滴滴都印在妈妈的脑海里，从小到大你都像个大人一样，有一颗感恩的心。小小年纪，内心已体现出男子汉的热情与豪爽，仗义与洒脱。人常说从小看大，你从来都知道体谅我们去为别人着想。在你上幼儿园的时候，妈妈开始办学校，对你有太多的照顾不到。十年前开始北漂从事文学工作，随后带你来北京读书，又因为高考问题不得不和其他外地孩子一样，把你转回咸阳读高中。

妈妈北漂一是为了体现自身的价值，也是为了给你一个更好的生存环境。更重要的是想通过妈妈的努力和艰辛让你感受生活的不易，为你做个坚强自信的典范。你不仅理解了妈妈的苦衷还真正做到了这一切。你跟着爸妈东闯西迁，来回折腾，但你从来没有一句怨言，还鼓励妈妈说北京的读书经历让你很难忘。为了一份梦想，儿子一直都支持妈妈，这让我们很感动。北京的大街小巷留下了我们的足迹，见证了你的成长。

因为高考，妈妈把你转回咸阳真是忍痛割爱。这几年，妈妈逢年过节，来回穿梭在咸阳与北京的路上。虽然辛苦，但心里想着一两个月就能回家去看儿子，内心真的很幸福很甜蜜！高考临近，那段时间妈妈请假陪伴你真的很开心。每天从窗户看着你下楼抬头对妈妈招招手微笑，心里别提多温暖了。小时候妈妈送你去学校，你总是在校门口回头对妈妈说："早点接我。"妈妈明白那句话的含义，因为妈妈忙学校的事情经常会把你接晚了，所以你每天都要提醒妈妈。你的话暖在了妈妈心坎里，每每想起还是那么有温度。

你是个学习自觉的孩子，没让妈妈担忧。你有着做人的原则和学习的好习惯，这一点也是妈妈颇感欣慰的。高考临近那段时间，学校里充满高考的硝烟，自从考前百日宣誓后，你回家总是忙得身心疲惫。但对于学习，妈妈真的帮不上你的任何忙，只能给你做饭，照顾好你的生活。看着你疲惫的身影，妈妈疼在心里，只能和爸爸做好你坚强的后盾，在心里为你鼓劲，为你加油！我们的心，永远和你在一起！

宝贝，考前妈妈看到你的自信和勤奋，知道你已做好了充分的准备，我相信高考中你会平衡好自己的心态，不会慌乱不紧张。从小到大你的人生已经历了无数次的考试，你小时候的语文老师说过："把人生的每一场考试当作一次认真完成作业来对待就好。"我想这话是对的，在任何时候都要相信自己，一个不畏风雨的男子汉是无可阻挡的！当时妈妈想，这次考试，不管你考的结果如何，你的优秀品质在妈妈心里早就是满分啦，只要发挥正常，你就没有愧对自己十多年的努力！只要尽全力了，你的人生就无悔。对得起自己十五年的辛苦付出。

妈妈希望儿子一生都平安、健康、快乐、幸福，学业有成。妈妈不求你大富大贵，只希望你能做优秀的自己，做一个有责任有担当真正的男子汉。

十年磨一剑，这么多年的苦读，已铸就了你的品质和修养。记得离考试还有三天那会儿，你已做好了知识储备，复习已经很刻苦很用功了。高考是考你的综合学习能力，考你的学习方法，更是考验你面对重大抉择的心态。妈妈看到你轻松地走进考场，祈盼你最好的状态，将你学到的知识发挥得淋漓尽致。

那会儿高考，考的是一份好的心态，妈妈相信你的心态很好，一定要相信自己，这些只是人生的第一个里程碑，只是人生的一个重要的经历。在这个大舞台上，儿子将一展风采，用你的自信和果敢拼一拼搏一搏，顺顺利利地度过！只要你认真地、轻松愉快地面对，经历这一过程，考场的路上定然阳光灿烂！人生的羽翼定然披上五彩霞光，展翅飞翔吧，儿子！做最好的自己，妈妈相信你一定会一切如愿，考上理想的大学！这是当时妈妈为你的祈祷，也是爸爸妈妈的心愿。不管你考得如何，只要尽心尽力了，我们就无怨无悔。

不管岁月如何斗转星移，不论年轮的脚步是快是慢，妈妈的心永远都在爱着你，牵挂着你，信任着你！你是妈妈心灵深处最大的动力和源泉。感谢有你，让妈妈的人生多姿多彩；因为有你，爸妈奔波的脚步充满快乐和向往；因为有你，我们的小家充满了温馨与美好！

人生路有直有曲，妈妈爸爸做你人生最坚强的后盾。儿子，任何艰难困苦只要我们一起面对，人生的路上将充满欢歌笑语。儿子，学习辛苦了！男子汉，妈妈送你一个深情的拥抱，妈妈永远爱你！

在高考成绩出来那瞬间，看到儿子茫然无助的表情，妈妈揪心的疼。高考前因为身体的不适考场紧张等多种原因，儿子发挥失常。高考录取通知书拿到手的那一刻，妈妈哭了，哭得很伤心，当时妈妈完全没有顾及儿子的感受，其实儿子比妈妈更痛苦。因为儿子是有责任和担当的人，记得你拉着妈妈的手，说你别哭了妈妈，你虽然没有批评我，但是你这撕心裂肺的哭，把我的心都哭碎了。儿子毅然决然地决定复读。在家里人劝说无效的情况下，儿子报了名复读了十天，这十天妈妈每天都活在痛苦和自责里，心也变得虚无缥缈。因此妈妈下定决心劝你回到所录取的学校，你非常不愿意，最终在特别难过痛苦的情况下，回到了大学的校园里。

虽然这个大学，没有我们想象中那样的完美，但既来之则安之，儿子飘荡的一颗心，总算安稳了下来。妈妈和爸爸也因此而解放，儿子也解脱了。在大学读书的这两个月里，妈妈看到的是你的顽强和自信，看到的是你的满腔热血。你自己应聘了学校学生会的外联部，想好好锻炼自己的口才和能力，又应聘了学校校园广播站，还有音乐合唱团。这些都是你的最爱，但妈妈更感到自责和难过，因为你如此热爱音乐和艺术，而我们却让你去学理科，去读一所理工科的大学，认为将来作为男孩子会更好。你没反对爸爸妈妈的意见，选择了好好学习，将来自己可以将音乐作为人生的第二个爱好去努力去发展。

现在的我们，经常会听到儿子说，妈妈，我今天又有了新的感悟，妈妈，我今天又学到了新的东西。你那种求知若渴的心态，妈妈相信你一定会飞得更高，走得更远。

宝贝儿子，大学四年里，爸妈祝你平平安安健健康康。争取在考研的时候，能够梦想开花，进入到一所理想的大学，不辜负你的梦想和愿望。儿子加油！人生的道路上有风雨也有绚丽彩虹，妈妈相信你的努力将会伴随你的成长，跨入一个新的台阶。你是有梦想不甘平庸的孩子，在四年大学的时光里，妈妈祝愿儿子能够学业有成，做真正的自己。能够在梦想的蓝天自由翱翔，做一个勇敢自信的人，做一个有所作为的人，做一个有责任有担当顶天立地的男子汉。

儿子很棒，妈妈爸爸永远爱你！

2017年10月24日

作家的责任与使命

文学让我们心灵有一方神圣的净土，让我们在这个浮躁的社会中，内心有着一片美丽和安宁。我有幸来到鲁院，在文学神圣的殿堂来膜拜和陶冶情操。用稚嫩的笔描绘自己心中的文学梦，我们要做好学弟和学妹们的榜样，更是肩负着责任与担当，那就是作为一个作家，面对文学面对这个社会的责任与使命！

我们能有幸成为新时代的作家，能有优厚的条件写作学习，首先是荣幸和温暖的，也是激动和快乐的。我们更有义务和责任，用自己手中的笔，记录下生活中那些感恩、感动、怀念及让人难忘而幸福的瞬间。一切美好的事情，都来自我们纯洁和干净的心底。作家是用心灵来抒写情怀的，更是用真挚和灵感来歌颂生命的。我们虽然是普普通通的人，但我们有着一颗强大的心。面对世俗面对不公，面对生活中的种种磨难和困扰，更要挺身而出歌颂真善美，打击假恶丑。我们是作家，有着多么荣耀的身份，有着多么神圣的使命和职责。我们不是军人，但我们有着军人的威严，我们不是救世主，但我们有着宽大仁爱的情怀。我们不是上帝，不能拯救人类，但我们可以拯救灵魂。我们有着弘扬正义和真理的旗帜，我们有着善于发现美和创造美的眼睛、笔和双手。人生的画面需要我们用温情的笔去刻画，更需要我们用真挚的情感当纽带去连接。分享生命中的感动和温馨，挖掘出震撼人心的人性美和光辉。不辱使命不忘作家的根本，我们的身边有着许许多多善良的人们，做着普通的职业，帮助别人不愿意留下姓名，腼腆一笑转身而去，作家不是雷锋，但我们可以弘扬雷锋的精神，以一颗做好事的心，用敏锐的眼光和真诚的双手，创造出美好的未来和明天！

人性的美好在于发现，社会需要和谐，中国梦需要勇气和拼搏的精神。人类善良的种子需要挖掘开采和播种，让我们当一粒种子，播撒出希望和美好，发芽开花和结果，给生活添光增彩。我们用正能量呼唤社会的大爱，人与人之间的友谊之花处处盛开。写出更多励志的文章激励小朋友奋发向上，因为他们是我们祖国的未来。呼吁社会和谐，让人类多一份欢笑和幸福感，帮助老人们，让那些白发苍苍的老年人得到快乐，晚年幸福无忧。当在生活遇到挫折与困难的时候，我们能给予他们信心和鼓舞。积极的思想像太阳，照到哪里哪里亮；消极的思想像月亮，初一十五不一样。我们要像太阳给心灵洒满金色的光芒，像花朵让看到的人心情爽朗美丽芬芳。我们也是真情和美好的传播者，我们呼吁和谐，呼吁人间处处有温情，处处盛开友谊之花。我们将竭尽全力，在做好自己的本职工作的同时，写出好作品，拿出心灵美的情怀来捍卫灵魂深处最为率真、最为纯美的魅力。

作家是受人尊重的，文学是受人敬仰的，我们有着神圣的使命和责任。作家是拿作品来说话的，让中国梦纯美，哪怕前路崎岖，哪怕雪雨风霜。我们无愧于自己无愧于人生，无愧于这个美好时代。

让心中的中国梦飞翔远航，让手中的笔笔下生花，让心灵多一份纯真和欢笑，让世界多一份快乐和美好！

作家的责任与使命，让我们心中的中国梦更纯美！让我们的世界充满友好和欢笑！

2013 年 3 月 27 日

丰沛的诗意与丰沛的心灵

——刘伟见诗歌赏析

诗人的心是浪漫的，因为在浪漫的感觉中，他才能找到真正的自己和想要的诗意人生。

诗人的心灵更是丰沛的，因为只有这样，才会有更丰沛的诗意。

诗意的枯竭，意象的重复，是一个诗人创作上最可怕的敌人。

当我看过诗集《万物心：刘伟见现代诗系》时，我有些震撼，有些惊讶。是什么样的生活会让诗人如此生机盎然，是什么样的心灵让诗人如此诗心璀璨，又是什么样的人文底蕴，让诗人的思想与创作如此饱满丰饶？

《万物心：刘伟见现代诗系》收录了著名学者、诗人、作家刘伟见教授的现代诗约千首，是刘伟见新古典现代诗写作的系列探索作品。第一卷《我在当初等你》，收录爱情主题的诗作约二百余首；第二卷《人间世，心物痕》，收录生活和工作主题诗作约二百余首；第三卷《我面对你、如面对天地》，收录哲理诗二百余首，以及一部诗歌实验剧；第四卷《瞬：伟见一句诗》收录伟见先生自创文体的"伟见一句诗"三百六十首，以及伟见先生现代诗话一百则。

这套印装大气、有着厚重感的诗集，外观设计精美，清新淡雅，如时光在岁月的长河中慢慢流淌，沉淀出的韵味与精华，让人迫不及待地想打开一睹为快。

像刘伟见这样，一下出一套四本诗集的诗人的确少见，让人震撼而心生敬佩。伟见的这套诗集名为诗系，既有长诗、组诗、短诗，也有诗剧、诗话，确实可以成"系"了。这里面既有诗歌的文本探索，如"伟见一句诗"，就是一句成诗。如何在一句话里顿现诗意，需要敏感而深刻的内心感受。也有充满实验剧特色的爱情诗剧，表现了现代视角下都市男女复杂的情感抉择。而"诗家生活一百则"，更可以让我们窥见一位具有古典人文情怀的诗人如何把生活过成了诗。

一部好的诗集，让人如沐春风，感受到的是春暖花开、鸟语花香。诗集里诗人的语言，诗人的心灵感悟，诗歌里美的意境让人不忍释卷。读伟见的诗，感觉作者是自己命运的设计师，拥有着积极主动的思想，阅历丰富的诗意人生。

如果仅仅是这样的话，还不足以支撑作者如此丰沛的创作热情。作者关于新古典现代诗的提出，也表明了作者不仅是一位诗人，而且是一位有理论厚度、诗学实践的学者。让时间的脚步，刻画出生命的弧度。勇于探索，大胆尝试，像阳光伸出温暖的手，抚摸着这套诗集，诗歌里的思想与真情让人深受触动。

刘伟见认为要接续传统，面向现实以"重写心物关系"。这是让诗歌回归生命与生活的探索，是人文诗歌的回归，也为新古典现代诗存在的可能性提供了探索性文本。

他认为，中国人有中国传统的心物关系。新古典的现代诗就是要重写心物关系。比如，刘伟见的一首现代诗《冬韵》：

不开花的大地，没有草木的大地

周遭会一片死寂

我们注目与赞扬鲜花与松柏

忽略了草地与杂木一样在见证神奇

我忽然对非典型的万在与万物充满敬意

他们参与了，才有辉煌与美丽

啊，门前这飘零未尽的树杈

一只鸟在上面注目栖息

　　诗作中忽然打开了一种冲破传统思考的视角。我们总是注目鲜花与松柏，而忽略杂木与小草，但正是它们作为万物的参与者共构了大地缤纷的存在。诗尾落在门前的树杈和一只鸟上，让人读来意味深长。

　　作为女诗人，我更喜欢他的爱情诗。

　　刘伟见的爱情诗集《我在当初等你》这几个字，让我的心瞬间感受到了诗情画意的春天。这是作者温情的梦与执着的心。真情总是能打动人心，爱情总是让人无法忘怀。诗人在回忆自己小时候的故事，那时候眼里的人物和风景懵懵懂懂。午觉醒来，想象和现实之间的距离，梦想与真实之间的感同身受。诗人在自己的感觉里寻找曾经的那份纯真与浪漫，似曾忧伤想起子夜的感觉——

　　"我在当初等你，想着你的声音，遇见那是传奇。窗外飘荡的雪知道，我在等候一个人。想念是发自内心的一种情感，我在昨日的七夕想起了我们的故事。自从遇上你，就是一首诗，爱情是如此神奇，让我忘乎所以。真爱是心灵燃烧的火焰，让我无法忘怀，看着时光的背影，倾听黄昏的刹那间，总有心里话没说完。我想用文字轻轻地去表达内心的呼唤，那一瞬间风轻云淡。月色朦胧，我站在时光渡口，心所向往的是窗与花树。"

读作者的组诗《蛙声里的那个初夏》，那时诗人才十六岁，遇见了喜欢的女孩子，小姑娘对他也是一见钟情。那两年，女孩子的信和照片，是春天的鸟鸣，是夏日里天空闪烁的星星，回忆里都是她的身影。"突然有一天，你从此消失，初恋的味道，爱情的种子发芽，没有开花结果，却从此刻让作者内心迷茫而煎熬。我茫然不知所措，但你就这样消失在我的视线里，怀念那草木的味道和昨天的美好。想起那段青葱岁月，那样的心情，那样的梦不一样的心境。"这段尘封的记忆，让诗人有着曾经的浪漫与青春回忆。多年以后，诗人有一天接到一个电话，而电话那头，就是自己曾经的初恋。那个让自己心动而无法忘怀的女孩子，她像一个梦，在诗人心里是如此的神圣而美丽。那个像白雪公主一样的女孩子，曾经俘获了他的心。消失多年，如今的这个电话，又让她如仙女一样突然飘落人间，洒满了浪漫与温馨，让伟见先生回想起了那段久违的纯真年代，那段让人久久无法忘怀的爱情。

原来她的消失，是因为当年女孩子来到自己的家，诗人妈妈无意间说的一句话。而就因为这句话，让一段美好的爱情从此错过。后来诗人听他自己妈妈提起那件事，让诗人有着瞬间的心痛。心疼这个女孩子当初听到那段话的心情和所下定的决心，岁月抹去了昨天，却消失不了那段曾经难忘而美好的回忆。此生与彼岸，现实与过往。看着现在她的照片，想起过去的女孩，遗憾也是一种美丽，错过也是一首诗，一份往日沉浸在内心的美好与怀念。

"我在当初等你，等待的是你的身影，你的脚步，还有青葱岁月的欢歌笑语。那时候的梦很甜，那时候的天很蓝。"诗人用爱和温暖回忆着昨天，也见证了内心那段让人无法忘怀的过去。

诗人的才华横溢，是大家有目共睹的。这套诗集读起来意犹未尽，仿佛打开了春水的闸门。你看到的是温暖如春，还有诗意盎然的秋风洗礼，瓜果飘香，收获满满。带给你新的灵感与扑面而来的画面感！

我同时也很喜欢这套诗集的封面设计。据说封面设计和整个的出版规划都是作者自己的突发灵感。他不想用通俗的方式来展示自己的这套作品，而是用简单、大气，富有诗意色彩的大手笔来展现。

遇见诗歌遇见你，生活就是一首诗！从诗人的情感世界里，让我感受到了温暖、爱和阳光！祝愿刘伟见和他的诗意人生，绽放出更多的精彩！

2017 年 12 月 3 日

文学路上的武功人杜晓辉

气场相投的人灵魂会自动靠拢，与杜晓辉相识是在五年前一个夏日炎炎的午后。我回到武功家乡看望母亲，在舅舅的引荐下，见到了这位满脸真诚与和善的关中汉子，他是舅舅多年的好朋友，也是热爱文学喜欢写作的人。一个偶然的相识，成就了今天的缘分，也让武功有机会与文学梦相约，中间的几年没太联系，我已在中国诗歌网工作第四年。而过去只是爱好写作的杜晓辉，已是武功县作协主席、武功县文联主席了。几年不见，我们都因这份对文学的热爱，继续在梦想中前进。人的一生做自己喜欢做的事情，是人生最大的快乐。文学路漫漫，大家携手并肩，在这份诗意的天空自由翱翔！

武功县文化底蕴十分深厚，漆沮渭三条河流孕育了炎黄文明，让这里遗存了姜嫄墓、教稼台、苏武纪念馆、报本塔、都城隍府、绿野亭、康海墓园、上阁寺、小华山等人类文明发展的古迹。悠悠的岁月里先后走出了炎帝、黄帝、姜嫄、后稷、苏武、苏蕙、李世民、刘文静、游师雄、康海、孙景烈等历史名人。这让武功充满了神奇的生命力与无限的扩张力！武功人的洒脱与豪情，是历史沉淀出来的大气与从容。武功人的善良与真诚，朴实无华的形象在杜晓辉身上展现的淋漓尽致。他生活在厚重的历史脚下，大地的身影就是他创作的源泉。他对工作认真负责的态度和对朋友的真诚朴实，都融入到他的血液里。他热爱我们的家乡，喜欢家乡的一草一木，这些也是他创作的素材和灵感，与杜晓辉的再次熟悉，要从七八月份一起策划这场中国文艺家走进武功采风活动开始。见证奇迹的时刻也是缘分，共同为武功家乡的文化发展尽一些绵薄之力。由于我们的共同努力，中国文艺家走进武功采风活动于2018年12月7日至9日在家乡陕西武功县圆满举行。的确，这是一次美好的诗歌旅行，为中国诗人进一步了解武功、认知武功、宣传武功、抒写武功起到了极大的促进作用。采风三天，我才真正见证了杜晓辉为文学而狂热、而执着、而努力工作的一面。只见他在宾馆跑上跑下，忙前忙后，不是落实采风用的车辆，就是督催来宾下楼吃饭还有和我沟通会议细节。就是到晚上，他也没有回家，在笔记本上盘点着第二天应做的工作，直至深夜。在采风现场，我与杜晓辉既是会议组织者，又是服务工作人员，负责会议的每一个细节。杜晓辉心细如发，真是为本次活动操碎了心，协调、联络、服务等工作他总是要亲力亲为。细心照顾我们每位采风团成员，让我们大家都很感动。

特别是我带着对家乡人民的热爱，和对文学的一份情怀北漂13年，心里有着无限的感慨。通过这次活动的举办，让我对家乡厚重的历史文化有了更加深入的了解，对文学的使命更加清晰明朗。也正如全国政协常委、中国作协副主席白庚胜所说："作家艺术家要真正的走入生活，从现实中寻找创作的灵感和素材，武功有着非常丰富的历史文化，如今的发展也令人欣喜，作家们要积极书写武功，更好的鼓舞人民的精神。武功县的领导希望大家妙笔生花，为武功添彩！"我们武功是人文厚重之地，姜嫄母仪文化、后稷农耕文化、苏武爱国文化、苏蕙织锦文化、唐太宗感恩文化、张载关学文化、康海戏志文化等七大文化让更多人知道武功，用文学作品反映武功的魅力与厚重。感谢杜主席忙碌的身影，成就了这场活动。让大家走进武功，了解武功，弘扬武功的精神文化和历史厚重！我眷恋着我的故乡武功，并被杜晓辉的魅力所感动。

杜晓辉出生在书香门第，父亲是一位行政干部，据说他父亲悟性高，退休后，才开始写字画画。在父亲的教育和潜移默化的影响下，他热爱阅读喜欢文学。他是个工作狂，带着武功作协会员扎扎实实从零起步，把基层工作认真用心做好，用自己的人脉和智慧为作协文联做些有价值有意义的事，为作协会员办实事，把《有邰文苑》杂志从第一期开始认认真真办好，直到现在第四个年头已出了23期。杜晓辉接此重任，有人提醒这个岗位不容易，让他做好思想准备。他没有犹豫，没有在意随后遇见的各种困难挺身而出，毅然决然地接受了这个艰巨的任务。他的辛苦换回事业的蒸蒸日上，在他的带领下文联作协各项工作都做的风生水起。

这几年对他来说没有周末，半夜三更还在为作协文联忙碌的身影已是常态。他经常为会员的事奔波，诚信讲原则绝不怕麻烦。他把自己交给了文学，坚信只要努力就会开创一片新天地。杜晓辉为人慷慨仗义豪爽，办事给力，很多琐碎的事情，在他的梳理下都能变得井井有条。他思维清晰看问题透彻，困难在他面前都能迎刃而解。他用自己的行动感染了很多人，他鼓励有文学梦想的人都拿起笔，坚定不移的开始了写作。我的切身感受是，大家一提到武功作协，这些会员就瞬间精神抖擞，这是怎样的一种意境，能够让大家如此热爱这个团队，能够对团队带头人如此敬畏与拥护。

杜晓辉的满腔热情，换来柳暗花明又一村，让整个作协文联闪耀了文学的光辉与魅力。我在思索他像一个铁人，不怕风吹雨打，不怕艰难困苦能够成就梦想不容易。武功作协成立三周年以来，团结了优秀的诗书画人才，团队充满了生机和欣欣向荣的力量！

武功是一片神奇的土地，从古到今它的厚重感足以让京城来的文艺家们热血沸腾。采风活动会后大家百忙之中，抒写武功令我感动。武功文化开启了华夏古老的文明，推动了人类历史发展的进程。能在不惑之年，携手诗歌与文学，能为家乡的文化发展贡献自己的一份力量，作为喜欢文学的人，内心充满了自豪！此时，我仿佛看到李世民为了捍卫国家的尊严，带领文武百官出征御敌的英勇。他的刚烈、他的忠勇、他的仁爱、他的率真不正是我们武功人血液里流淌的坚韧性格与顽强毅力吗？杜晓辉何尝不是这样的人，他作为一个新时期的武功文学人，他有责任与使命用文学的光芒点燃了热爱自己家园的篝火。

相信在杜晓辉的带领下，武功作协文联的发展会越来越好，也相信通过这次中国文艺家来武功采风活动，能带给武功文朋诗友们更大的写作动力和鼓舞，我更相信武功县委、县政府在建设"两富两美"小康武功的征程上，会给广大文艺爱好者提供更大的创作空间和更加广阔的舞台。我期待，我更坚信这一天会很快来到。祝福生我养我的土地，祝福我的家乡武功蒸蒸日上！魅力武功，精彩无限！

2019 年 1 月 2 日

有天空的诗人王峰

王峰是一位优秀机长，也是一位接地气的诗人，他有着责任与使命，工作出色，硕果累累。作为诗人，他除了飞行总是抽出宝贵时间，将自己的热爱进行到底。他飞翔在蓝天，心也如蓝天白云一样清澈悠远。

诗人王峰，出版诗集《三万英尺》《睡在溪边的鱼》，诗歌常见于各类报刊和各大文学网站。王峰执着于对诗歌的热爱，让诗情画意与蓝天相伴。用思维和灵感，翱翔在碧海蓝天！中国首位飞行员诗人王峰诗歌朗诵会于2018年11月15日在中国现代文学馆隆重举行。诗歌朗诵会人气满满，会场到来的有飞行员及空姐和王峰的亲友团从四面八方赶来。王峰是跟着感觉走的人，他创作的诗歌意境优美，他对诗歌的感觉，是对生命的敬畏，对青山绿水，对大自然的一种亲切感，他的眼里没有忧愁，只有元气满满的爱与阳光。王峰，是有天空的诗人。是啊，我们能想象到他的天空无比浩瀚，翱翔在碧海蓝天。王峰说自己"对大地的感情超过对蓝天的感情"，正是由于这份深情和热爱，使得他的诗充满了对祖国大地和生命的真情。与会专家围绕王峰诗歌作品进行了深入研讨。艺术家们纷纷上台，倾情朗诵了他的诗歌作品，这些作品有的高亢激昂，有的和缓细腻，赢得了雷鸣般的掌声。

空中诗人，不一样的感觉。大家觉得神秘而浪漫，都想亲临现场，感受这场与众不同的诗歌盛宴！这场诗歌朗诵会我是策划与执行，诗人王峰此刻走入了我的视线。他很有气场，办事雷厉风行，他与大家亲切交流，并与我对接整个活动的细节。他说喜欢曾国藩的一句话：战战兢兢，既生时不忘地狱；坦坦荡荡，虽逆境亦畅天怀。他热爱诗歌与音乐，喜欢摇滚，他是飞行员里第一位诗歌写的这么好的人，也是歌声嘹亮的人。他对生活充满了激情，喜欢悠扬的歌声，这让他能感受到意境悠远。他说：少年当兵在西北沙漠戈壁看惯了大漠孤烟。所以对苍茫有一种无比的热爱。他说："热爱写诗，也是有一天突发灵感，感觉人到中年，沧桑拂面，就是想尝试去践行一个普通的生命，像一个萤火尽量去温暖黑夜"。王峰说："男人应该有山岩的骨骼、大海的胸怀、天空的高度、大地的深情"。

关于王峰精彩的人生和空中的飞行，太多的闪光点和优秀元素，让我一时竟不知如何下笔。认真看他的诗我瞬间明白，我在他的诗里找到了自己的身影，仿佛看到了悠悠的云里有着淡淡的诗，淡淡的诗里有绵绵的喜悦，绵绵的喜悦里有我轻轻的祝福！他善良智慧，有思想和情怀，他热爱飞行喜欢这片蓝天，才会诗意流淌在身边，滋润心灵，与大自然亲切交流，才能写出接地气而打动人心的诗。王峰的眼睛是雪亮的，他总能发现美，感受和创造美。人世间的万物在他眼里都变的温柔，逝去的时间走过的路，还有做过的梦都与蓝天紧密相连。用诗歌点燃生命的火把，让激情燃烧，这样的心境和思绪，才会让诗在笔尖缓缓流淌。

王峰在诗歌《飞翔》中这样写道：

在天和地之间/你是彩虹/是流线/是承载欢乐的云片

在大海和江河之间/你是水鸟/是海燕/是远航者的桅杆

在你我之间/你是银燕/是飞行的船/是我们自由的盘旋。

在未来的遥远/你是理想/是曾经的从前/你是祖国的蔚蓝。

我是这片土地忠诚的儿子/为了你江河的流淌/为了村庄平静的炊烟/随时驱阻窥伺的狼烟……

王峰是一位空中侠客，他在天空的力量如此神奇，仿佛注入了强大的能源，在他的眼里，世间万物都是美好，人间没有丑恶，只有四季如春的风光旖旎。他有着二十多年的飞行员生涯，获得空中诗人的美誉，他的诗犹如一幅画意境优美，诗意朦胧，思想丰富而有内涵，情感真挚而无限真诚。他的诗歌不管是写亲情，爱情与人情，文字里都充满了对生活的歌咏礼赞。他如此年轻却有了诸多的成就，面对收获与成绩他总是如此谦虚。与王峰相处，你会感觉到很轻松。生活总是给予我们无限惊喜，他这么多年的职业生涯，所拥有的荣誉与他的努力付出是不可分割的，没有人会随随便便成功。王峰对工作的执著和对诗歌的热爱，让他的生活充满欢歌笑语。他诗歌的灵魂，就是他自己浪漫的身影。灵魂深处，我们每个人都有自己的精神家园，那么王峰的精神家园就是飞行与他的诗意人生！

他专业高超的驾驶技术使得他屡担重任，曾多次执行国内外政要包机飞行任务。王峰的职业准则是：时刻准备着、出发、起跑、起飞、飞行、安全降落。他喜欢武术，热爱公益，他帅气的造型像一位演员，笔挺的服饰，洒脱的造型。戴上墨镜他是一位帅气的机长。他无数个日夜驾驶飞机穿梭于蓝天与白云中，他的每一个操作都堪称完美；飞机降落时他又化身航空公司的管理者，率领团队一路前行。王峰是有着600多首诗歌作品的诗人。他说："首先我的身份是一名民航飞行员，一手是旅客的生命安全，一手是国家财产的安全。责任与使命让他能够穿梭在飞行与诗人的两种环境中。1973年出生的王峰历任山航飞行大队SAAB中队中队长，飞行部副总经理兼飞行三大队大队长。2005-2011年参与筹建华夏航空公司，任副总经理兼总飞行师。资深机长，累计飞行一万多小时，曾多次执行领导人专机和包机飞行任务。2014年6月起，任山东航空股份有限公司厦门分公司总经理。2018年7月起，任山东航空股份有限公司北京分公司总经理。他是民航飞行员，多年来飞过很多机型，不论是初期的SAAB340还是之后的CRJ200再到如今的波音737，每一种机型他都操控的得心应手，他就这样把自己交给蓝天，大地和蓝天也在他的感觉里轻舞飞扬！诗歌给了他灵魂，给了他绽放的生命和力量！

　　王峰的朋友圈不管清晨还是夜晚，他只要不飞行，都会抽空写上自己的几首小诗。他习惯用微信写诗，有感而发的一些心灵感悟，不知不觉写了好几本诗集。别人提到飞行员，首先是感觉非常忙碌和紧张，怎么可能有时间写诗，但时间也是人挤出来的，不想做的事是会有一万个理由的。想做即使一万个理由也不能阻挡他的脚步。在厦门工作的4年多时间里，王峰一边飞行一边管理着山航厦门分公司，厦门期间，王峰带领着厦门分公司全员，扎根厦门，借助文化的力量让山航这家山东的航企融入厦门。4年时光飞逝，今年的7月王峰工作调动，来北京担任山航北京分公司总经理。北京是我国政治、经济和文化的中心，北京首都国际机场旅客量即将突破1亿人，对于各家航空公司来说，北京都是资源必争之地。王峰说"如今北京分公司处于发展突破的关键期，安全、服务等流程要做到更加精细，以更严格的标准要求才可能在这片土地上取得突破"。他说作为机长，他有机长的责任，作为管理者也有管理者的职责。他一直致力于平衡两种身份尽量做到完美！

王峰爱好广泛，飞行员、诗人、词作者、演唱者集于一身。英姿飒爽的他身上体现的是军人的风范。他身上深厚的文化底蕴使他在各个方面都严格要求自己，做到完美和优秀。在这样的感觉里，他才能找到真正的自己，才能洒脱自由的飞翔在蓝天。他的诗歌有血有肉有灵魂，如在枯燥的生活中，一曲高山流水的音乐，瞬间点燃了你的思绪。心灵深处的画面里，蓝天与白云相伴，草原上歌声嘹亮，潺潺流水在心灵深处流淌，美好的感觉覆盖了你的世界。仿佛是一种穿越，仙境飘飘。

　　王峰在夜晚从万米高空拍迷人的夜景，大地上灯火璀璨，好像黑夜给了我明亮的眼睛，仰望星空我想看看满天的繁星。小时候记忆里家乡的夜晚，那时候我是小女生渴望飞到天上去，想看看嫦娥在月宫的模样。我想象着那个夏日的夜晚银河系陨落的星辰，瞬间划过天空。迷人的夜晚我的梦想穿越时空，流星雨是浪漫的种子，让我的心浪漫朦胧。在王峰飞翔在蓝天的照片中和他的诗歌里，仿佛能找到我的身影。我不是飞行员却无比热爱这片蓝天，而我从小梦中无数次飞翔，感觉如梦如幻。王峰对诗歌的感觉绽放大爱之美，这种美包含了他对家人，对工作生活以及身边人的爱心善念，对诗歌的热爱和对生活的那份海阔天空！诗歌让人身心轻盈，生命力更加的旺盛起来！

　　　　　　　　　　　　　　　　　2019年1月1日

田斌和他的诗意人生

——读田斌诗集《潜行低吟》赏析

　　时间就像一把利剑，再平凡的人，也能被刻画出几段精彩来！好的诗歌，如行云流水，如四季春歌，总能给人灵感和温暖，读田斌的诗，让你感受到诗意芬芳的百草园鲜花绽放！他的诗歌接地气，从文字和诗意的感觉里，能体会到他对父母的孝敬，对生活的热爱，对工作的热忱，大自然在他眼里是很好的素材，人生充满了美好的向往和感动！一首好的诗歌，不需要华丽的羽翼，只是文字能突然走进你的心里，让你的心灵被触动，产生共鸣！仿佛这段文字，触碰了自己的内心，仿佛这段文字就是自己的身影。诗歌，让我们生活充满了美好与温馨！

　　认识田斌是三年前，我们中国诗歌网第一届网络高研班，当时看到诗人资料进入诗人主页。我被田斌的一首《长蒿草的老屋》感动而印象深刻。因此我从五十位备选诗人中，记得了这位重情重义的作者田斌。看着这一行行诗，表达了作者此刻的心情，看着老屋，想起了自己的父母。下面我分享一下这首诗：

长蒿草的老屋

爸走了，妈走了，老屋就空了
上了锁的老屋
院子里就开始长草了

院子里不见老鸡带小鸡
也不见小黄狗摆尾巴
母亲在的时候
总有鸡鸭围着她

没人管的蒿草可放肆了
一个劲的往上长
有几株好事者
淘气鬼似得趴在窗台往里瞧

空了的老屋，蹲在那
像个没人管的野孩子
不洗脸不洗澡
蓬头垢面
看了，就让人心痛

诗中，作者睹物思人，看着老屋思绪万千，想起父母健在时候的一些情景。他的思维灵感和善心善念，都是一幅幅画面。他把对亲人的爱，用文字轻轻地表达，触景生情。诗虽短，表达的情感却是情真意切！

我坐在了首席上

年收紧了手中的线
把漂泊在外的游子
放风筝似的，一一拉回家

年夜饭，我坐在了首席上
还没说话
泪水就模糊了双眼
嗓子已哽咽

"爸走了快一年了"
一家人都发出了感叹
"你今天有点像老爸"
妻子无不调侃地说
"万事都有交接"
我在内心暗自嘀咕

我们碰杯的声音依旧像往年
只是今年我代替了老爸
坐在了首席上

　　这首诗，作者想表达父亲走后，那种感觉和心里的难过。将
漂泊在外的游子，形容为放飞的风筝，一一拉回家！这个比喻太

形象，太贴切了。酒杯的声音还和过去一样，可是父亲的位置，却换成了儿子。年夜饭还没说话，泪水已模糊了双眼。作者是一位重情重义之人，也是非常孝顺的一个儿子，他用自己诗歌的语言，在表达了对亲人的思念。

这部诗集有419页，417首诗歌，涉及的内容比较广泛，多数以亲情为主，也有友情和爱情。比如这首写给妻子的诗：

退休帖

退休了，没事干了
我们怎么办
没什么，亲爱的
我带你回老家，到乡下去
那儿有爸妈留给我们的老屋

还有屋后面的一块菜园地
老屋大着呢，有厨房，有堂屋，有卧室
屋外还有一个小院子
没事，我们就坐在屋里看电视，唠嗑
或坐在院子里晒太阳，乘凉都行

屋后的那块菜园地
你想种什么种什么
种萝卜，种白菜都依你
现在的农村可好了
到处都是水泥路

到处都是惹人喜爱的庄稼

到处都绿树成荫

你要是愿意

我就陪你到小路上走走

或是在小河边钓鱼

山谷里赏野花

要是在夜晚

我陪你看月亮，数星星

没准还能找回我们初恋的感觉

我们这样相伴终生

这就够了

如果我死了

你也不要流泪

你就挨着爸妈的坟墓

把我埋了等到有一天

你也死了

我们就在泥土里圆梦

你挨着我，我挨着你

我们一家人在一起

再也不分离

这首诗写出了作者对父母的眷恋，触景生情看着老屋，想起父母的身影。想着退休后，自己带着妻子去父母留下来的老屋。在屋后的那块菜园地种萝卜种白菜，仿佛眼前就是惹人喜爱的庄稼。绿荫下，他陪着妻子，漫步在乡间的小路上。观赏山谷里的野花，吹吹家乡夜晚的习习凉风。陪着妻子看月亮数星星，也许能找到初恋的感觉。如果自己没了，和父母挨着在一起，如妻子没了，和自己在一起，一家人你挨着我，我挨着你，再也不分离。读到这里，让人潸然泪下。

田斌的诗，田斌的人，都与大自然紧密相融，如此亲昵不可分割。他虽生活在宣城，但内心向往的是诗意人生，是田园生活，是对父母对亲人，对家乡的那份深深的眷恋。他生命的印象里，留下一串串幸福的脚印，如雨丝飞扬。田斌热爱生活，对人生充满了向往与美好，他的灵感突发，大自然在他身边就是心灵的芳草地，让他可以文思泉涌。蚂蚁搬家，他能写成深刻的寓意，蝴蝶飞飞，他能写出香妃变成蝴蝶飞走的浪漫。哪怕一片绿叶的飘落，都能激发他瞬间诗意的灵感和想象。看到一朵花，他都能够倾注自己的满腔热血，来感受心灵花开的声音。

田斌热爱生活，大自然就是他创作的源泉。他感恩人世间一切吉祥和美好的事物。他有着浑身的正能量，更是性情豪爽的人，也是重情重义之人。对朋友的真挚与淳朴，都来自大自然给予他心灵的羽翼。他对别人小小的一个帮助，总是感恩于心。他在自己力所能及的范围内，总是去帮助身边的人，用善心善念做自己喜欢和愿意去做的事情，别人说感谢的时候，他总是腼腆的笑笑，说这点小事没有什么。他的表情真诚而含蓄，他的内心世界是一泓清泉，缓缓流淌，甘甜而醇香而不失本色。他对答应别人的承诺，总是排除艰难险阻去兑现。不管是否做到，他都会全力以赴，他会用心去做好一切事情，让内心无怨无悔。

田斌是有情怀的人，他的情怀是从工作到生活，从诗歌到眼前的大自然，都能够感受到他诗意的光芒。《潜行低吟》厚重而大气，拿在手里沉甸甸。包括他给每一首诗起的名字，都富有诗情画意。这些名字本身就是一首首精美耐人寻味的小诗，一行行一排排整齐的排列。我仔细看了这一首首诗的名字，真的非常好，字里行间充满了正能量。诗人的眼里，世间万物一切，都是美好的事物。他的眼里诗意芬芳，他的眼里人间处处有真情与温暖，所以内心才能涌动出这么多的诗情画意。这绝对不是一时半会的小惬意，而是一个人内心的强大和感动与温暖。

　　作者在代后记里边写道：自己是物理系毕业的人，却能写出这么多美妙的诗，简直不可思议，莫不是缪斯和自己开了个天大的玩笑？但诗歌真的已潜移默化深入了他的骨髓，深刻的融入在他的血液里。他对诗歌一往情深，他既然纵情于山水，又痴迷于写诗，那么在静下心来感受喧哗的城市，给自己心灵角落一片清净的园地。读他的诗歌，会让人眼前一亮，从优秀的作品中去汲取营养，萌动自己的诗心，让他写的文字更加洒脱，如行云流水。他的诗，再现的是一幅幅精彩的画面，从没有预先的任何涉及，一切都是有感而发，与大自然亲切的对话。读诗，写诗已成为作者生活中不可分割的重要的事情。他把这种嗜好当做珍贵的生活习惯，从不厌倦，始终如一的去坚持到底。他对诗歌的这份热爱，散发在心灵的每个角落。这辈子他愿意继续努力，用思维和灵感再现诗意的画面。田斌谦虚而和蔼可亲，他一直认为好诗还在后边，还有更好的诗要从心灵涌动，要从笔尖流淌而出。

　　打开田斌的诗集，你会被他的一首首整齐排列诗的标题所迷恋，会被他诗歌的内蕴所感动，更能从他的诗歌里感受到大自然的美好。人世间万物的神圣，生命的灵动，包括一朵花开的声音，一只蝴蝶从眼前飞过的美好。这就是诗歌，这就是诗人。

祝福田斌能够用他的诗歌情怀，诗意的眼睛，发现更美的人间风景，写出更多更好的诗，让我们来一起感受田斌的诗意人生和宽广的胸怀！

2018年4月23日

后　记

　　因一份对文学的热爱，北漂十三年。经历了岁月的洗礼，感恩亲人和朋友们的鼓励和支持！

　　六年前，出诗集的时候，我在想哪天我能写一本评论集就好了。今天，带着自己的梦想和对生活的渴望，在这些年的点点滴滴积累中，有了这本评论集的内容。当初，是看到了朋友在写评论，我想自己也来尝试一下，没想到一发而不可收。循序渐进地写了这么多，这些内容有的是诗歌评论，有些是给画家书法家写的评传，有些是写名家的印象记。这些日积月累的文字，见证了我在文学道路上的追求，对诗歌的理解，对撰写评论的尝试。开始只是出于好奇，却在不知不觉中写了这么多，于是考虑整理成册，用文字记录下自己对文学的热爱。

　　诗歌，是一粒撒在泥土里的种子，经历了春夏秋冬，经历了严寒酷暑，生根发芽开花结果。岁月的沧桑让花草树木四季轮回，但我充满诗意的心，却在时光的荏苒中变得诗情画意，越来越好。因为一份热爱，一份喜欢，不会去畏惧风雨，不去考虑结果，而是毅然决然地坚持梦想。十几年前来北京，我梦见了一个高大神圣的大红门，后来我到北京再找这个门，发现故宫的门和北海的门与它有相似之处。但梦里的意境和情节一定是在北京，梦里的稻花香，我看到浩浩荡荡的队伍，扛着中国作家的大旗，从我身边一晃而过。2015年的11月9日，我来到隶属于中国作家协会的中国诗歌网工作。印证了梦里的情景，好像一切都是缘分是天意。那个稻花飘香、丰收在望的喜悦景象被我写在诗歌里。

十年磨一剑，走过的路有惊喜也有感伤。自己曾经办学校九年，只是想来北京进修一下把学校扩大，结果却举家北迁，在这个城市生活了十多年，来感受文学之路漫漫，体会在拥挤的城市找到属于自己的那份天空。

我是那种淳朴善良的陕西人，心中有梦，有着对生活的热爱和对文学的痴迷。不忘初衷，方得始终。这本书，记录了我对瞬间事物的美好感悟，还有那份对诗歌的敬畏，对诗人的理解。诗意人生的路上充满温情，像夏日的雨丝飞扬，给心灵带来了甘甜和雨露。评论诗人，要去了解诗人的风格，感受诗人的情怀，更要去感受诗人的风采。写画家、书法家，要欣赏画家书法家的作品，感受画面里的人物。

有希望是幸福的。我在文学的梦想里，推开一扇大红门，看到了金黄色的麦浪，看到了一片喜庆的丰收景象，闻到了收获的味道和喜悦。一个梦为此在我心里植根，走到今天，梦里的情节情景已在生活中展现。一切仿佛是梦幻，但又真实得让人惊叹。

写诗的日子，内心变得格外丰富，脑海里除了诗歌不能再装下别的。写评论的日子，是给我文学的那条小河注入能量，让小溪潺潺汇入汪洋大海。我做好了"跳海"的准备，却缺乏被淹没的勇气。今天我已由一颗种子，成长为一棵小树，在人生的轨迹中我有自己为热爱而选择的路。条条大路通罗马。我为自己的执着和坚定而欣慰，不足的是在文学评论方面，还不是太成熟，希望在以后的日子里，继续得到师长、家人和朋友们的鼓励和支持！让这朵小花，绽放出春天迷人的芬芳。

我是一个单纯浪漫的人，也是一个对生活充满激情的人，更是一个热爱文学，愿意为此付出的人。生活充满了很多变数，没想当作家，却走向了这条文学路。想起自己的职业生涯，毕业后接家里人班，结婚生子到自己办学校。为了扩大办学而来北京进修，最后留在了北京。只为一份对文学的热爱，在岁月的长河中，我不能达到让自己事事如意，但我要做到竭尽全力，为了梦想绝不放弃，成功是屡遭挫折而热情不减。

在不惑之年，能携手诗歌在文学的道路上徜徉，也是风雪中对雪舞花飞的一种诠释。风花雪月的日子，我写诗感受雪花飞舞，感受雪的晶莹剔透。在不知不觉中，我写了两本诗集，一本散文集，一本评论集，这些凝聚了我的心灵驿站的小小寄托。诗歌是有灵魂的，能让你体验飞翔的感觉，能让你在美好的意境中自我陶醉。写诗是为了表达自己，用文字见证内心世界的丰富多彩。

《祝雪侠评论集》，有着那事那时那人那物那情景。美好不可复制，可以选择粘贴和永恒。我用积极的心态，迎接我生命里那束清晨的曙光。我不慕悦耳的铃声，我只在意自己内心深处的感觉。因为我是跟着感觉走的人，在感觉里我能找到真正的自己。

怒放的生命，开出的是绚烂的花朵，我把自己激励成一个超人，让自己无所不能。我把有花有草有生命的诗意放飞在梦想的蓝天里，于是白云、花朵、鸟儿、风儿都与我一起歌唱。

我选择的不一定是对的，但一定是自己所喜欢和热爱的。人生因为热爱，一切将变得更加美好。看着自己灵感突发，文思泉涌般写出来的文字，感觉到一种收获一种喜悦。更多的是我要继续努力，我要用心灵去创作，用感觉去歌唱，用心声表达自己的所爱。这些心灵深处的触动，就像一种强大的气流，给予身心一种真实的力量。一个梦，一份情怀，让我为此不顾一切，坚定不移地继续前行，生命因执着而更精彩！

夏去秋来，在银杏叶飘洒浪漫的季节，在秋高气爽之时写这个感悟。在人生最美的时刻，做喜欢做的事情。一本新书的问世，也是一种缘分。

用感恩之心，写下这段文字，用生命之语，抒发自己的情感。是亲人和朋友们的关爱，让我感受到亲情的温暖和友情的珍贵，生活充满了美丽与温馨！

这本书，承蒙陕西省文学基金会厚爱，被列为基金会重点扶持项目得以出版。对于基金会雷涛先生、王芳闻女士的鼓励和帮助深表谢意！感谢石英先生为本书作序，感谢雷涛先生为本书题写书名；感谢鲁迅文学院的培养；感谢中国作家协会副主席何建明先生的鼓励；感谢屠岸先生、谢冕先生、郑伯农先生、吴思敬先生、曾凡华先生等诸位文学大家和文学前辈的关心和支持；感谢作家出版社，感谢评论家、画家兴安先生的精心策划和编辑。

这部评论集的诞生，我还要感谢儿子杨东澄对我的鼓励；感谢亲人和朋友们对我的大力支持！

2018年10月28日雪侠于北京